COMME SUR DES ROULETTES

Patrice Dard

LES NOUVELLES AVENTURES DE
SAN-ANTONIO

Comme sur des roulettes

Fayard

Couverture : Design by Fred Greneron ;
illustration : François Boucq ; photo : Sylvain Muscio

Dépôt légal : 2011

ISBN : 978-2-213-66273-2

Entre le chagrin et le néant,
je choisis le néant.

William Faulkner

Pour Élisabeth
qui a choisi.

Contre celui
qui l'a anéantie.

Avertissement (sans frais)

Suite à la misérable embrouille DSQ (ce Strauss qui préfère le frotti-frotta à la valse, l'inventeur de la fellation incontrôlée), j'ai décidé de rester prudent vis-à-vis du sexe.

Déjà, t'en souvient-il, dans mon dernier opus, *Deux p'tites tours et puis s'en vont,* je n'avais troussé aucune soubrette d'hôtel new-yorkais. Judicieuse initiative !

Ici, je vais être encore plus sage.

Ne crois pas pour autant que la flamberge soit en berne, bien au contraire, Mister Popaul n'a jamais été aussi réactif.

Seulement, j'ai jugé préférable de rassembler toutes les séquences olé olé – de cul, quoi – à la fin de l'ouvrage, dans un chapitre spécial que tu pourras arracher afin de les soustraire à la lecture de tes bambins déjà presque aussi concupiscents que toi.

À bon tendeur, salut !

Première partie

Le Carnet rouge
et
la Chambre jaune

1

On devrait mourir jeune,
surtout quand on est vieux.

Qu'on le veuille ou non, c'est parce que maman a voulu prendre le bus que cette histoire monstrueuse m'est tombée sur le râble, un jour limpide du mois d'août.

Souviens-toi : la veille, un orage nous avait pétaradé les tympans et détrempés jusqu'aux osselets. Et puis, le lendemain, l'anticyclone des Açores avait fait son boulot, chassant les cumuli[1] vers l'Alsace, ce dont m'sieur Tout-le-monde se branle quand il ne crèche pas à Strasbourg.

1. On dit un cumulus, des cumuli, comme un dégueulus, des dégueulis ; c'est du latin, j'y peux rien.

J'avais posé une journée sabbatique, histoire de dorloter ma Félicie à l'occasion de son anniversaire. Je ne cafterai pas son millésime, à ma brave femme de mère, mais sache qu'aux confins de sa décennie les années défilent aussi vite que les heures facturées par ton avocat.

La fiesta a débuté par une lichette de porto dégustée au salon dans notre pavillon de Saint-Cloud. Pour escorter cette modeste libation, maman avait confectionné des toasts aux œufs de lump tant insipides qu'on se demande pourquoi cette espèce de poiscaille s'obstine à procréer.

Ensuite, nos pas nous ont menés vers le restau sino-thaïo-viêto-cambodgien du coin de la rue, tenu par un couple de Pékinois malingres qui pond des marmots sans cesser de rouler leurs pâtés impériaux.

Félicie a beau accumuler sur ses frêles clavicules plus de carats que mamie Bettencourt à ses doigts, elle n'est pas restée pour autant figée sur les petits plats de son enfance. Ses vieilles papilles de la nation se sont adaptées à l'exotisme culinaire : elle adore la pastilla de pigeon, les sushis au thon gras, les naans cuits au four tandoor et, par-dessus tout, la peau de canard laqué nappée de sauce hoisin et roulée dans une crêpe avec trois brins de ciboule.

Le festin savouré, Félicie a eu droit à un biscuit plus cassant que le ton de Tartine-au-Brie, au centre duquel une bougie avait été plantée. J'avais eu le tort de signaler au taulier le motif festif de notre survenue en sa gargote chinagote. L'addition fut plus légère que notre digestion, mais nos tracas entériques ne constituent pas le fondement de ce chapitre.

L'expression « être aux anges » a dû être inventée pour maman. Lorsque nous quittons le restau, un rayonnement d'extase nimbe son doux visage. En comparaison de ma daronne, la Vierge de Boticcelli ressemble à une roulure de la banlieue napolitaine.

– Je te remercie, mon grand, me susurre-t-elle. C'était un moment d'exception.

D'exception ! Son subconscient – et la malignité que couvent vaille que vaille les vieillards les plus tendres – l'ont incitée à utiliser ce terme pour me rappeler la rareté des instants que je lui consacre.

– Et si on allait rendre une petite visite à ce pauvre Bérurier ? suggère-t-elle tout à trac.

– Bonne idée ! répliqué-je, masquant ma déconvenue.

J'avais en perspective une partie de pétanque à deux boules avec une cochonnette du voisinage dont l'époux, ingénieur atomiste que sa profession conduit à rayonner à travers le monde, vient de partir faire son dur métier au Japon pour un laps de temps indéterminé. Te dire si la doublette prévue peut souffrir quelques heures de patience !

– Tu crois que c'est grave ? s'inquiète ma mère.

– Pour Béru ?

– Le malheureux ne peut plus mettre un pied par terre. On pourrait craindre un cancer des os, non ? Je pense à tous ces nuages radioactifs qui rôdent sur nos têtes.

– Une simple crise de goutte ! la rassuré-je. Le professeur Coën Delaar a été formel. Avec les hectolitres de vinasse qu'Alexandre biberonne, pas étonnant que l'acide urique l'ait rattrapé. Attends-moi cinq minutes, maman, je vais chercher la voiture...

– Inutile ! On va prendre le bus. Le 72 nous dépose au pied de l'hôpital.

Il est vrai que le CHU Dizenterios Pzoriazis[1] où j'ai fait intégrer Béru ne se situe qu'à un trait de glave d'ici, ou à deux jets de sperme, si tu préfères. Bien programmé, le bahut se pointe sitôt que nous avons gagné l'arrêt. Le conducteur erratépiste, un zigue plus basané que le clafoutis cramé de ta belle-doche le dimanche midi, nous salue aimablement et attend que maman soit assise avant de redémarrer en douceur.

– Ça faisait une éternité que je n'avais pas pris le bus, s'émerveille Félicie ; c'est agréable, surtout par ce beau soleil.

Nous franchissons la Seine aux berges flanquées de péniches sédentaires. Appartenant à des fils à papa déshérités, à des publicitaires en désœuvre ou à quelque artiste ininspiré, la plupart de ces barges de luxe en jettent et font

1. Médecin d'origine grecque à qui l'on doit la pommade qui soulage les hémorroïdes autant que les desquamations cutanées.

rêver. Vu de haut, on découvre des terrasses agrémentées de meubles en teck, boisées de feuillages en pot. Mais, sous la ligne de flottaison, la coque pourrie se délabre à tel point qu'une croisière entre le pont de Suresnes et celui de Neuilly serait vouée au naufrage.

Nous parvenons bientôt avenue du Commandant-Ganachon, à la station desservant l'hôpital. J'aide ma Féloche à débarquer. Les portes se referment d'un coup de soufflet et le bus repart.

C'est à cet instant que tout se joue.

2

Les filles qui prennent
la pilule du lendemain
sont les pétasses de la veille.

Qu'on le veuille ou non, c'est parce que je suis devenu respectueux de l'environnement que j'ai jeté nos tickets dans la poubelle marquée « Vigilance Propreté ».

Suis ma main : elle plane au-dessus du sac plastique vert jaunâtre. L'un des billets reste collé à mon pouce. Je le vire d'un claquement d'index. Mon œil suit machinalement sa chute. C'est alors que je remarque, surnageant parmi les détritus, un joli carnet rouge relié avec dos rond et enrichi de gravures dorées. Tu connais ma passion pour les calepins. Je le recueille, l'ouvre, le feuillette. À l'intérieur, je relève quelques notes : des noms, des adresses, des numéros de téléphone, des mesures, des cotes, des comptes, une douzaine de feuillets arrachés vers le milieu, et beaucoup de pages encore vierges.

Quel gâchis ! Ne pas noircir des feuilles blanches me semble presque aussi incongru que jeter du pain. Il est toujours un oiseau pour picorer un quignon, une main pour griffonner un bout de papier. J'empoche le carnet, entraîne Félicie vers l'entrée de l'hôpital, distante d'une centaine de mètres.

Cavalant à notre rencontre, un grand Black en tenue d'infirmier manque de bousculer maman. Il a fallu que je la tire à moi pour qu'elle échappe à la percussion. Je m'apprête à corriger le malotru quand ma vioque m'en dissuade :

– Ne t'énerve pas pour si peu, mon grand. Ce jeune homme est pressé. Il t'arrive aussi de l'être.

– Bien sûr, mais quand même...

Je boucle mon clapoir, interloqué. L'infirmier noir a stoppé sa course devant la poubelle à l'intérieur de laquelle j'ai dégoté le calepin. Il se met à fouiller comme le ferait un clodo, avec toutefois une frénésie qui n'anime plus les SDF.

Le type brasse les déchets, papillonne dans la corbeille, déployant l'énergie d'Alain Bernard dans les ultimes battements d'un cent mètres nage libre. Il se redresse, désappointé. Il n'a pas trouvé. Je tapote ma poche. Tu paries que ce qu'il cherchait n'est autre que le carnet rouge ?

L'infirmier rebrousse chemin vers l'hosto, nous dépasse d'une démarche impétueuse en triturant un téléphone portable. Je tente d'accélérer le pas. Hélas, le rythme de maman s'accommode mal d'une filature.

Félicie me lâche soudain le bras :

– Tu as envie de suivre cet homme, n'est-ce pas ?

– Ben…

– Je pense aussi qu'il est à la recherche du calepin. Il a dû le jeter par mégarde avec d'autres paperasses.

Fine mouche, ma vioque, malgré la double canonisation de son âge.

– Vas-y, mon grand, je te retrouve au chevet d'Alexandre.

Je m'élance à l'instant où le Noir franchit la porte principale de l'établissement.

Quand je déboule dans le hall, deux vieilles alcoolos en pyjama, dont l'une trimbale un goutte-à-goutte sur une potence à roulettes, me demandent si j'aurais pas du feu, et pis deux cibiches en supplément. Je leur rétorque que je ne fume pas. L'une me traite de sportif d'un timbre éraillé qui s'achève en quinte de toux sèche. L'autre éclate d'un rire gras.

D'un coup de saveur à l'entour, je constate que le Black s'est évaporé. Je me précipite vers l'accueil, déborde les quelques pèlerins cacochymes qui font la queue, et me présente devant la préposée, une vachasse dont la décoloration n'altère pas le poisseux des tifs.

– Faites la queue, comme tout l'monde ! rouscaille la kapote.

– Je ne suis pas tout le monde ! fais-je en lui exhibant ma carte de matuche.

– J'pouvais pas savoir ! plaide-t-elle.

– Vous n'auriez pas vu entrer un infirmier ?

La trogne de la grognasse se fendille :

– Au cas où vous auriez pas remarqué, on est dans un hôpital. Les infirmiers, ça va, ça vient, inspecteur.

– Commissaire ! rectifié-je, histoire de lui en imposer.

Ce genre de pécore doit savoir faire la différence entre les grades. J'imagine qu'elle ne suce que les infirmiers chefs, ne baise qu'avec les internes, et ne se laisse faire la rondelle que par les mandarins.

– Désolée..., s'excuse-t-elle. Essayez d'être plus précis.

– Un balèze, noir de peau, qui vient d'arriver il y a moins de deux minutes par cette porte.

Je lui désigne l'entrée qu'à l'instant même Félicie franchit de son pas trottemenu. L'ogresse d'accueil fait la moue :

– Je regrette, mais j'ai jamais une seconde pour lever un cil. (Elle observe la file qui s'allonge et commence à gronder d'impatience). Avec tous ces éclopés qui me posent des questions idiotes, j'ai même plus le temps de pisser. Et puis, franchement, des Noirs, chez nous, y a que ça, et y sont tous grands, ces gens-là.

– Sauf les pygmées ? Merci quand même.

Je rejoins ma dabesse au centre du hall.

– Je l'ai paumé, m'man !

– Moi, je sais où il est ! fait-elle, malicieuse.

– Comment peux-tu ?

– Dans ta précipitation, tu n'as pas remarqué l'ascenceur vitré, dehors, à l'angle des deux bâtiments. J'ai vu le jeune homme noir y monter. Je n'ai eu qu'à compter les niveaux. Il est descendu au sixième.

En moins de temps qu'il n'en faut à un président de la République (que je ne dénoncerai pas) pour perdre douze points dans les sondages à chaque déclaration, mes guiboles huilées me propulsent à l'étage convoité.

Ici, tout est calme, sans luxe ni volupté. Seule âme qui vive, une réceptionniste occupée à se revernir les ongles en fuchsia fluo. Il s'agit d'une jeunette bouclée d'or, avec moins que rien de pif et plus que plus de lippe. Sans se montrer hamsteroïde, elle me semble pléthorique des joues, mais rien de rédhibitoire : la place de stocker jusqu'à la salle de bains les dividendes que tu pourrais lui servir en liquide. Un bref look par-dessus son comptoir me permet d'apprécier une paire de loches de bon aloi, ainsi qu'un nourrain[1] bien moulé dans un jean et fendu là où on s'y attend.

La môme me défrime en arborant un sourire si déluré qu'à côté d'elle la Zahia de Ribéry en plein racolage passerait pour une cadette de l'Armée du Salut. Ma visite, à l'évidence, égaie la morosité de son après-midi.

– Je peux quelque chose pour vous, monsieur ? demande-t-elle, mutine, pianotant l'air pour accélérer le séchage de son vernis. Fissa, je repère son blaze sur le badge épinglé sous son nibard gauche.

– Vous pourriez encore plus, Diane, mais, dans l'immédiat, je cherche monsieur… heu… (je choisis le premier blaze africain qui me passe par l'esprit)… heu… Bankélé.

La frimousse de la gosse se chiffonne :

– Il n'y a personne de ce nom-là dans le service, je regrette.

– Attendez, je me trompe peut-être, insisté-je. Je parle d'un infirmier noir de

1. Petit hommage à maître Capello qui nous a quittés au printemps dernier.

haute stature. On s'est parlé dans le hall il y a cinq minutes, je prenais un café, il m'a dit de le rejoindre ici. Il vient juste d'arriver.

Le minois de Diane s'illumine :

– Ah ! Vous parlez sans doute de N'Goma Heffassé ?

– Voilà !

– Il travaille dans le secteur RTT, poursuit la luronne.

– RTT ? Ça veut dire qu'il est toujours en congé ? plaisanté-je. (Avec les filles faciles, il faut utiliser un humour tout aussi accessible.)

– Non !!! ricane la bécasse. RTT, ça veut dire ça !

Elle me montre un panneau portant la mention « Recherche en thérapie tératologique ». Une flèche indique le couloir de gauche.

– Merci, douce Diane. J'ai repéré le chemin.

La gamine se dresse d'un bond, renverse sans s'en rendre compte sa fiole de vernis sur le registre des visites.

– Attendez ! Vous n'avez pas le droit !

Une fois encore, je dégaine ma brème de matuche.

– J'ai tous les droits, ma puce !

La secrétaire médicale en reste comme deux ronds de méduse :

– Vous êtes un vrai policier ? Ouaouh ! Quand je vais raconter ça à Vanessa !

– Elle est aussi jolie que vous ?

– Peut-être pas, mais encore plus motivée. Enfin, c'est ce que disent les copains.

– Je peux y aller ?

– Non, au fond du couloir, vous allez tomber sur une grille.

– Comme dans une prison ?

– Un peu. Vous savez, nos patients ne sont pas vraiment vraiment normaux.

– Ouais ! Tératologique : je m'en doutais. Des gens bizarres, quoi !

– Bien pires encore.

Un hurlement d'une intense sauvagerie s'évade soudain des profondeurs de la bâtisse : quelques mots proférés et mal articulés, suivis d'un interminable cri de souffrance.

– Si c'est tous les jours comme ça, marmonné-je, je comprendrais que vous demandiez votre mutation.

Diane frissonne.

– D'habitude, nos pensionnaires ne font pas trop de tapage. Mais là... il m'a semblé reconnaître la voix de l'infirmier N'Goma !

3

Un con vexé
est un con dont on s'est débarrassé.

Qu'on le veuille ou non, c'est parce que mon sésame peut violer n'importe quelle serrure en un tour de doigts que j'investis aussi vite le service RTT.

Deux couloirs s'offrent à moi : l'un à gauche, l'autre à droite. Diane, qui m'a suivi à distance et n'ose franchir la grille fatidique, me fournit une indication précieuse :

– N'Goma, je crois qu'il travaille à droite. À moins que ça soit à gauche.

Avant que j'aie eu le temps de trancher, une espèce de gorille si roux qu'il pourrait se faire naturaliser orang-outan surgit.

– Qu'est-ce vous foutez là, vous ? Et comment que vous êtes entré ?

Je l'apaise d'une paume conciliante :

– Je ne réponds jamais à deux questions à la fois. Ce que je fais là ? Je viens voir N'Goma Heffassé. Vous ne l'avez pas entendu crier ?

Le mastodonte agite un baladeur accroché à son cou.

– J'écoutais de la musique, gronde-t-il, et ça me dit toujours pas comment que vous êtes entré !

Je hausse le ton :

– N'Goma, son secteur, c'est à gauche ou à droite ?

– À droite ! Mais on n'entre pas ! C'est un service spécial.

– Justement, j'ai un truc spécial à te montrer.

Je lève mon index et le pointe pile entre ses yeux de primate. Ses gobilles convergent vers le bout de mon doigt. Qu'alors, je lui tartine les joyeuses d'un coup de latte ravageur. Le balèze s'effondre en vomissant biles et vesées. Avant que ces tétards n'engendrent des grenouilles, faudra dépasser l'ère quaternaire.

J'emmanche le couloir de droite, m'arrête à mi-corridor, prête l'oreille. Un râle s'évade d'un local sur la porte duquel il est inscrit : « Vestiaire hommes ». Un digicode en protège l'accès.

– Vos connaissez le chiffre ? demandé-je à la môme Diane qui me colle toujours au train.

– Celui des mecs, non !

D'une pression d'épaule je fais céder la lourde. Me retrouve dans un réduit tant exigu qu'une feuille de Job peinerait à s'y immiscer.

Tassé entre deux rangées de penderies métalliques, N'Goma agonise, recroquevillé dans une mare de sang. Les doigts de sa main droite sont crispés sur le manche d'un scalpel dont la lame est enfoncée dans son abdomen.

– Allez vite chercher du secours, Diane !

La donzelle se liquéfie devant ma détermination :

– Putain, c'est un mec comme toi qui me faut !

– C'est un mec comme moi qui te faut, putain !

4

Je suis un égoïste
qui ne pense qu'aux autres.

Qu'on le veuille ou non, c'est parce que mon autorité naturelle s'impose à tous les hominiens répertoriés dans le système de Linné que le maton de service s'est rallié à mon panache.

Mon grade achève de le dompter.

– Commissaire ! s'ébahit-il, massant discrètement ses burettes endolories. Mes respects ! Figurez-vous qu'avant d'entrer à la sécurité de l'hôpital j'étais garde du corps du ministre de l'Intérieur. Le monde est petit. Je vous en veux pas pour le coup de saton dans les roustons. C'est les risques du métier, pas vrai ?

Tellement subjugué, le gorille est prêt à m'offrir sa face pile pour que je lui transforme le derche en cul de babouin.

– Vous avez vu N'Goma entrer dans le vestiaire ?

– Non, j'étais aux chiottes en train de pousser. Je constipe facilement.

– Vous ne savez donc pas s'il était seul ?

Le gars est éberlué par ma question :

– Il était forcément seul, puisque vous avez ruiné la porte pour entrer. Les crimes en vase clos, ç'arrive que dans les bouquins d'Arsène Lupin.

– Erreur ! Il ne s'agit pas d'un vase clos. L'accès à ce local est protégé par un portier digital. Il suffit de composer un code pour ouvrir et pour fermer. On a bien pu l'accompagner, lui planter une lame dans le bide, et reverrouiller la lourde en sortant.

– Par le fait, oui ! convient le vigile.

– Vous avez vu rôder quelqu'un dans les couloirs ?

– La première personne que j'ai vue en quittant les gogues, c'est vous, m'sieur le commissaire.

Mandée à la hâte, une infirmière auburn et grassouillette est penchée sur le moribond. Le pantalon blanc et la veste verte d'urgentiste font ressembler son prose à un rutabaga de concours.

– Ne touchez surtout pas à l'arme ! lui recommandé-je.

– Bien sûr, à cause des empreintes, répond la fille.

Elle se redresse, me vote une moue de désolation :

– L'aorte abdominale est sectionnée, l'hémorragie interne massive. Même sur le billard, on ne pourrait pas le récupérer. J'ai perdu son pouls. Le Pr Médéric, la chef du service, va arriver. Pour moi, tout est fini. Elle ne pourra que constater le décès.

– Vous le connaissiez bien, N'Goma ?

– Il n'était là que depuis trois mois, alors que moi je suis la doyenne du service. Il n'était pas très causant, mais on avait des rapports professionnels corrects.

– On pouvait le considérer comme dépressif ?

L'hospitalière hésite :

– Peu communicatif, sans doute. Dépressif, non. En tout cas, pas suicidaire. Il était tout dévoué à ses patients, et ils ne sont pourtant pas faciles.

– Et avec ses collègues ?

– Jamais un mot plus haut que l'autre, ni un geste déplacé. (Elle rajuste sa blouse sur sa lourde poitrine.) Et ça n'est pas toujours le cas.

– Une idée de sa vie privée ?

– Je vous l'ai dit, il n'était pas disert. Je sais qu'il est marié avec une fille de même origine…

– Quel pays ?

– Le Gabon, je crois. Elle travaille au guichet de la Poste du quartier. Une belle liane. Elle vient l'attendre de temps à autre.

– Des enfants ?

– Il n'en a jamais parlé. Sa compagne est toute jeune et svelte. M'étonnerait qu'elle ait déjà accouché. Ça laisse des séquelles, ce genre d'aventure. (Elle se pince la taille.) Après trois grossesses, voyez la bouée.

– Quand on se montre vive et sympa comme vous l'êtes, la rassuré-je, les petits bourrelets deviennent charmants.

– Je ne suis pas sûre que mon mari partage votre opinion, mais bon…

L'arrivée de la big boss met fin à ce débat sur les poignées d'amour. Il s'agit d'une petite femme mince, abordant une quarantaine parfaitement maîtrisée. Le cheveu court et déjà grisonnant, l'œil vif couleur de perle des mers du Sud, tout en elle exsude l'énergie et la détermination. Elle est escortée d'un interne à la barbe naissante, portant un stéthoscope autour du collet.

– Que se passe-t-il ici ? lance la mandarine[1].

– N'Goma s'est suicidé, patron ! rapporte l'infirmière. Il s'est enfoncé un scalpel dans le ventre. Il est mort.

La chef de service jette un œil au cadavre.

– Quelle tristesse, dit-elle de ce ton que tu emploies pour constater : « Zut, j'ai oublié de jouer à l'Euro Millions ! »

Puis elle me toise :

– Et vous, qui êtes-vous ?

– Commissaire San-Antonio.

– La police, déjà ?

Après avoir constaté un mouvement de recul chez l'interne, je me résous à un pieux mensonge.

---

1. Féminin de mandarin, ballot !

– J'avais rendez-vous avec l'infirmier Heffassé. Mais quand je suis arrivé, il était trop tard.

– Pour quel motif, ce rendez-vous ? s'informe la doctoresse.

Il est temps de mettre les choses en ordre. Rebelote avec ma carte pour attester ma fonction :

– Madame, pour tout ce qui n'est pas médical, même ici, c'est moi qui pose les questions.

– Bien ! se soumet-elle.

– Vos nom, prénom, âge et qualité ? lancé-je, manière de marquer mon territoire.

– Médéric, Johana, quarante-quatre ans, docteur en médecine, récite-t-elle d'un timbre oblitéré.

– Combien êtes-vous dans ce service RTT ?

– Six.

– C'est peu, non ?

– Suffisant. Nous ne disposons que de quatre chambres dans notre secteur. Pour l'entretien, le ménage et le service des repas, des filles de salle nous sont déléguées par l'unité centrale.

– Comment se compose votre effectif permanent ?

Mon interrogatoire lui hérisse le poil, mais je m'en pèle le jonc, de ses horripilations.

– En dehors de moi, soupire-t-elle, il y a Diane, ma secrétaire, qui s'occupe également de l'accueil…

– Ça fait deux !

Elle pointe le de cujus d'un index évasif :

– Ce malheureux N'Goma, infirmier…

– Ça faisait trois !

Puis elle désigne miss Rutabaga :

– Karine, infirmière réanimatrice…

– Et de quatre !

Au tour du gorille-babouin-outang d'être sur la sellette :

– Et puis Gérard-Maurice, chargé de la sécurité…

– Tout le monde m'appelle Gémeau, croit bon de préciser l'abruti. À cause de mes prénoms et que je suis né fin mai.

– Le sixième est donc ce jeune homme ? conclus-je, en m'approchant de l'interne mal rasé au stéthoscope en sautoir.

J'observe l'intense humidification de ses tempes. S'il est fréquent que les obèses suintent, il est rare que les maigrichons dégoulinent. Les sudations dérogeant aux normes physiologiques sont généralement induites par une cause psychologique, écrirait un auteur moins populacier que moi.

– Je vous présente Attila, mon assistant, énonce la professeuse, un chouïa mal à l'aise.

– Attila ? relevé-je.

– Un remarquable sujet hongrois, spécialisé en tératologie. Je viens de le recruter. Pour tout vous dire, commissaire, il est en attente de sa régularisation. Vous n'ignorez pas les dérives droitières de l'actuel gouvernement magyar. Attila étant d'origine tsigane, l'exercice de la médecine pourrait bientôt lui être contesté dans son pays.

Je tends une paluche ferme au jeune toubib. Il me la serre moite.

– Détendez-vous, mon garçon ! Je suis à la crim', pas à l'immigration. Je vous demanderai néanmoins, à vous comme à tous, de justifier de vos identités.

Un tantisoit rasséréné, le gars éponge les chandelles de son front avant d'extraire une petite clé de sa blouse :

– J'ai passeport hongrois, je peux montrer vous.

Il s'apprête à ouvrir l'une des penderies du vestiaire. Je l'en dissuade.

– Mes collègues se chargeront plus tard de ces formalités. Ce casier est donc le vôtre.

– Exact.

– Et celui-ci ?

– Le mien, lance le brutus de la sécurité. Et le dernier, c'est çui à N'Goma. Ceux d'en face ne sont pas affectés.

– Parfait. Vous pouvez retourner vaquer à vos occupations. Sauf vous, Gémeau, je vais encore avoir besoin de votre aide.

Je viendrais de l'adouber maréchal d'Empire qu'il ne s'en enorgueillerait pas davantage.

– À votre service, m'sieur le commissaire, dit-il, rengorgé.

– Que fait-on du corps ? interroge Johana Médéric.

– On le laisse en place jusqu'à l'arrivée de la brigade scientifique.

La patronne du service me lorgne :

– Vous ne semblez pas convaincu du suicide, a priori.

– A priori, si. Mais je me prémunis toujours contre les a posteriori.

5

Je ne suis pas soupe au lait,
je suis soupe au vin.

Qu'on le veuille ou non, c'est parce que je connais la nature humaine, pour l'avoir patiemment révisée, que je décide d'accorder ma confiance à ce crétin de Gémeau.

Ensemble nous fouillons les casiers du vestiaire sans dégauchir le moindre indice. Des fringues de rechange, quelques camelotes perso, des affaires de toilette, des paperasses, une poignée d'euros, de maigres provisions de bouche.

Le gorille s'empivoine devant une bouteille de Johnnie Walker remisée au fond de sa penderie.

– Allez pas croire que je tute pendant le service, m'sieur le commissaire, je l'ai achetée ce matin à Franprix. Demain, on dîne chez Roger, le boucher de mon quartier. Il adore le whisky : sa fille est prof d'anglais.

En vérité, je n'attendais guère de cette perquise express. Je voulais simplement m'assurer que personne n'avait pu se dissimuler dans l'un de ces modules, ni y remiser quoi que ce soit de compromettant.

Je retape à la hâte la porte du vestiaire délabrée par mes soins, puis plante le planton devant :

– Vous ne bougez pas d'ici, Gémeau. Je vous considère comme le gardien du temple !

Il fait rouler-bouler la graisse sous sa blouse :

– Comptez sur moi, chef ! Personne n'entrera !

Il est urgent de tempérer son zèle.

– Sauf les gars de mon équipe, quand même.

– Comment que je les reconnaîtrai ?

– Ils posséderont des cartes de flic. Vous aurez affaire au capitaine San-Antonio.

– Sant'tonio, comme vous ?

– C'est mon fils.

Le faciès simiesque s'illumine :

– Ah, la chance ! Moi aussi, j'aimerais avoir un gars pour me succéder. Un genre de dynastie, quoi. Malheureusement, j'ai qu'une fille, elle a six ans, même pas l'âge de raison, et elle vit chez sa grand-mère parce que ma femme... enfin, bref.

Il coiffe son baladeur et croise fièrement les biscoteaux.

À l'accueil je retrouve une môme Diane survoltée, en grande conversation bigophonique avec sa copine Vanessa. Elle lui raconte le défuntage de son collègue en n'épargnant aucun détail. Elle m'avise, ébouriffe ses tifs et raccroche après un « Bye, j'te rappelle ».

– Alors ? On en est où ? demande-t-elle.

– Aux dernières nouvelles, N'Goma était toujours mort.

J'extrais le calepin rouge de ma poche, le dépose ostensiblement sur le comptoir. J'en arrache une page blanche, note le numéro de mon portable. Je guette la secrétaire d'un coin de sourcil. Elle ne réagit pas à la vue du carnet. Je le rempoche.

– Voici mon numéro de portable. Je reste dans les parages. Appelez-moi sitôt que mes collaborateurs seront là.

Elle promet. Je m'esbigne en lui adressant un bisou volage du bout des doigts. Sans charre, va falloir passer la serpillière sous son tabouret.

Ma prime impulsion me pousse à rejoindre Félicie au chevet de Béru. Elle doit trouver le temps long, la pauvrette, auprès de ce goret goutteux. Pourtant, une autre démarche s'impose à mon esprit. Je quitte l'hosto et me dirige vers l'arrêt de bus où nous avons débarqué.

Mon raisonnement est le suivant : si l'infirmier black cherchait le carnet rouge dans la poubelle de rue, c'est que lui-même l'y avait jeté. Pourquoi virer un objet auquel on tient au point de revenir le chercher ? Seule réponse plausible : par inadvertance. Alors mon cervelet en ébullition échafaude un système un rien boiteux, mais pas si branquignol que ça : au service RTT, N'Goma veut se débarrasser d'une corbeille au contenu sensible. Il ne souhaite pas qu'une fille de salle risque de la farfouiller. Il préfère larguer le tout à l'extérieur de l'hosto.

Presque aussitôt, il se rend compte que le carnet rouge faisait partie du lot, ce qui n'était pas prévu. Il faut donc le récupérer au plus vite. Si ma théorie tient la route, d'autres éléments abandonnés dans la poubelle de l'Abribus pourraient peut-être présenter un intérêt.

Je déchante aussi cruellement qu'un protagoniste de la *Star Academy* en constatant que le sachet de détritus a été embarqué sans avoir été remplacé.

Avachi contre l'édifice Decaux, un jeunot barbu cradingue en voie de clochardisation chatouille une guitare mal encordée. Je coule un bifton rose dans le gobelet McDo qui lui tient lieu de sébile. Il me remercie d'un couac dans son interprétation de *Jeux interdits*.

– Dites-moi, l'ami, vous avez vu qui a retiré la poubelle, là-derrière ?

– Ouais !

– Le service de la voirie ?

– Non. Une gonzesse.

– Quel genre de gonzesse ?

Le musiclodo la boucle, fixant le morlingue que je n'ai pas encore renfouillé. La floraison d'un nouveau talbin lui délie la menteuse.

– Une grande beauté black, bien gaulée, avec un jean serré qui lui moulait la noix de coco...

Tiens donc ! Une jolie Noire... Pourquoi pas la nana de N'Goma, selon la description que m'en a faite la Karine au cul de rutabaga ?

– Racontez-moi tout, et je vous débloque dix euros de rab !

Le SDF rafle la coupure, se fend la poire :

– Je lui ai demandé si elle suçait, avec des lèvres pareilles. Elle avait de l'humour, la gueuse... Elle m'a répondu qu'elle ne pompait que les magnums au chocolat.

– Ensuite ?

– Elle a ramassé la poubelle, l'a fourrée dans le coffre de son scooter et puis elle s'est cassée, point barre.

Déjà il se relève, nanti de mon obole, et se dirige, titubant, vers le bar-tabac de l'angle en traînant sa gratte.

Retour à l'hôpital. Dans le couloir du troisième étage, je remarque le brigadier Poilala, l'homme à tout faire de nos services, à la grande cabane. Il soutire un expresso de la machine à café. M'avisant, il me salue militairement.

– Tous mes respects, patron !

– Rompez ! Vous êtes venu rendre visite à Béru ?

– Par le fait, j'ai accompagné l'inspecteur Pinaud qui s'ennuyait de son ami.

– Comment va-t-il, aujourd'hui, notre Pinuche ?

– Plutôt pas mal. J'ai l'impression que son Zeimer est en intromission. Il ne débloque pas trop, si vous verriez ce que je veux dire.

– Chambre 303, c'est bien ça ?

– Affirmatif. Votre maman est déjà là. Quelle classe et quelle tenue pour une dame de son âge ! Moi, la mienne, à soixante-quinze ans à peine, elle faisait déjà sous elle, je vous raconte pas…

Je toque à la lourde.

– N'entrez ! tonitrue l'organe béruréen.

Il ne se trouve pas au paddock, le Gravos, mais assis sur un fauteuil roulant, la guibole droite coulée dans une gouttière, le pied bandé d'un tortillon de velpeau déjà sanieux.

– Tonio ! s'exclame le butor. Tu t'es paumé dans les couloirs ? Y a une paye qu'ma'âme ta dabesse est laga !

Son sac à main sur les genoux, Félicie est assise au côté de César Pinaud, lequel enserre un cabas entre ses cuisses grêles. Le vieil inspecteur papillotte avant de m'identifier.

– Antoine, mon petit, quel bonheur !

Je le bise, presse ensuite la vigoureuse poigne du Mastard.

– Comment vas-tu, l'Enflure ?

– Bof, ça se maintient ! Selonce les toubibs, j'devrais recourer l'usage d'mes pinceaux d'ici peu, a'ec tous les médocs qu'y m'admonestent.

Par association d'idées, je jette un œil sur sa perf. Relié par un cathéter à son poignet, un tuyau remonte jusqu'à la potence où une poche est supendue. La teinte rougeâtre du liquide qu'elle contient me surprend.

– On te transfuse du sang ? m'étonné-je.

Le regard de l'enflure se fait fuyant.

– Faut croire…

– Pour une crise de goutte ?

– Ben…

Pris d'un doute, je décroche la perfusion, la mire à la lumière du jour.

– C'est pas du sang, c'est du pinard !

– Tu… tu crois ? bredouille l'Immonde.

Je lui arrache la perf du poignet.

– Espèce de débile ! bramé-je.

Je ramasse le cabas de Pinaud. À l'intérieur, je dégote une bouteille de juliénas pleine, une bouteille de juliénas vide, un bouchon et un tire-bouchon.

– Vous êtes vraiment tarés !

– C'est pas la faute à Pinuche, plaide Alexandre. Il croyait bien faire en m'offrant du beaujolpif. Mais comme, ici, on n'a pas l'droit, et qu'les infirmières sont des vrais garde-chiures, j'm'ai dit qu'ça serait plus discret dans l'goutte-à-goutte dont elles font jamais attention.

– Tu aurais pu en crever !

– Blague pas, San-A ! Si le pinard dans l'sang ça devait tuer son monde, y a longtemps que j'le saurais.

Mon portable vibrionne. Diane m'annonce que mes sbires viennent de débouler.

Je ne me doute pas de l'effroi qui m'attend.

6

Les soucis ne viennent jamais
de ceux qui les créent,
mais de ceux qui les subissent.

Qu'on le veuille ou non, c'est parce que j'ai appris à maîtriser mon œsophage que je n'ai pas gerbé en retournant au vestiaire.

Mon fils Toinet et Amélie, ma bru, poireautent devant un Gémeau inflexible.

– Si que vous avez pas vos cartes, on rentre pas !

– Je vous dis qu'elles sont dans la voiture !

– Allez les chercher ! Moi, j'ai des ordres.

Ma survenue rassure le vigile.

– Ah, m'sieur le commissaire, vous tombez à pic ! Vous les connaissez, ces gens-là ?

La bise que j'octroie à chacun d'eux l'apaise.

– Alors, c'est bon ! Vous pouvez y aller !

Mon lardon est lesté de ce genre de mallette que les médecins de campagne trimballaient lorsqu'ils effectuaient leurs visites à domicile. Aujourd'hui, ce service de proximité a disparu. Tu dois te rendre par tes propres moyens à la maison médicale, même quand la météo annonce 40 °C à l'abri de ton rectum.

– De quoi s'agit-il ? me demande Antoine.

– Suicide par perforation de l'abdomen.

– Façon hara-kiri ? propose Amélie.

– Oui, mais sans le zèle japonais. Un simple coup dans le bide qui aurait très bien pu être porté par un tiers. (Je marque un temps.) Et les enfants, ça va ?

– Pleine bourre ! dit mon rejeton. Patrice s'adapte bien à la crèche, et la petite Élisabeth commence à faire ses nuits. C'est la fille de nos voisins qui la garde, mais elle nous coûte bonbon, déclarée et tout...

– Si tu as le moindre souci financier, n'hésite pas à me demander, fils.

– On n'a besoin de rien ! corrige ma belle-fille, aussi onctueuse qu'un suppositoire sculpté dans une pierre ponce.

Là-dessus, elle écarte la porte mal ravaudée du vestiaire, s'avance d'un pas et libère le hurlement le plus terrifiant jamais esgourdé à ce jour. Même Tarzan dans ses meilleures vocalises semblerait souffrir d'un voile au larynx.

Elle se rejette en arrière et s'écroule, tétanisée, entre les bras de son époux. À mon tour, j'investis le local. Et là, mon pote, je me fige. Le tableau qui s'impose à mes yeux confine à l'insoutenable.

Du cadavre de N'Goma il ne subiste que la moitié du visage, une épaule lacérée, deux cuisses, dont l'une partiellement dévorée, et un assortiment de viscères serpentant sur le sol.

7

Les gens qui ont une belle vie
n'ont rien à raconter.

Qu'on le veuille ou non, c'est parce que je ne crois pas à l'impossible que je m'en prends si vertement au vigile.

– Bougre d'andouille ! Je vous avais ordonné de ne pas bouger !

Le gus flageole sur ses cannes de grand serin poussé en autruche.

– Je vous juju... je vous jujure, bafouille-t-il, j'ai pas quitté mon popo... mon poposte ! Même queque... même queque j'avais envie de pisser et que je me suis fait trois nœuds à la vessie.

– Mais enfin, quel animal sauvage a pu pénétrer ici ? beuglé-je.

Amélie a recouvré ses esprits, ainsi qu'une stature de bipède digne de ce nom. Toinet, qui s'est aventuré à l'intérieur du vestiaire, m'interpelle :

– Papa ? Viens voir.

Il est à croupetons devant l'un des casiers plus maculé d'humeurs et de sanguinolences que les autres. Je ploie à mon tour les genoux. Il me désigne le fond de la penderie :

– Regarde ! Le métal est déchiqueté et le mur émietté. Le prédateur a pu s'introduire par là.

Nous battons en retraite. Dans le couloir, ma belle-fille, requinquée, administre des comprimés à ce malheureux Gémeau dont le derme paraît aussi blafard, grumeleux et mollasson qu'une béchamel loupée.

– Qu'y a-t-il à droite du vestiaire ? s'enquiert mon fiston.

Le vigile fronce les sourcils à la manière d'un chimpanzé de cirque devant répondre à une question de maths genre deux plus trois.

– Beu... la chambre jaune, y me semble bien.

– Je ne vois pas de porte.

– Parce qu'on est à l'arrière. L'entrée donne sur l'autre couloir. Suivez-moi.

Nous lui filons le train au long d'un labyrinthe simplet – à gauche, puis encore à gauche – qui nous amène devant une porte peinturlurée dans le ton des genêts en pleine floraison.

– Voilà : c'est ici !

– Qui occupe cette piaule ?

– Monsieur Tartarovic. Impossible d'ouvrir sans le passe spécial de la patronne. Mais on peut jeter un coup d'œil.

Gémeau fait coulisser un panneau livrant une vue panoramique sur la pièce au travers d'une vitre épaisse comme un hublot d'avion.

Derrière la glace, un individu ventripotent, hirsute et trapu, pourvu d'une dense moustache, déguste une main humaine comme tu grignoterais un bretzel.

Deuxième partie

Le Carnet rouge
et
la Voiture bleue

8

La population rajeunit :
la preuve, on rencontre de plus en plus de gens plus jeunes que soi.

C'est pas pour me vanter, mais je possède un sens inné de l'organisation.

J'ai chargé le brigadier Poilala de reconduire ma mère et Pinuche jusqu'à leurs domiciles respectifs, puis, selon l'expression désormais con et sacrée, une « cellule de crise » a été improvisée par mes tagada soins-soins dans le burlingue de la professeuse. Outre mégnace et la cheftaine du service, Toinet, Amélie et Béru participent à la réunion. Pour marquer mon territoire, je me suis installé derrière le burlingue, dans le fauteuil doctoral.

Johana Médéric ouvre un dossier devant nous, fait circuler la photo du mystérieux occupant de la chambre jaune.

– Georg Tartarovic, que vous voyez sur ce cliché, n'est pas un homme dangereux, débute-t-elle.

– Il vient quand même de dévorer la moitié d'un cadavre, objecte ma belle-fille.

– Certes. Pour lui, une dépouille, même humaine, constitue objectivement un garde-manger. Mais il ne s'en prendrait jamais à un être vivant. Par exemple, il est capable de gober une mouche crevée, mais il ne la tuera pas pour la croquer.

Béru fait pivoter son fauteuil roulant de manière à faire face à la toubib :

– Il a bon appétit, quoi ! dit-il, conciliant. Moi aussi ! Les macchabées tout frais et les mouches séchées, c'est pas forcément ma tasse de thé, mais quand j'ai faim, j'ai faim.

Johana lui adresse un sourire compatissant :

– Faim au point d'ingurgiter une balle de pansements usagés, cinquante épingles de nourrice, douze assiettes à dessert, des brosses à dents, des rasoirs, une bicyclette, deux télévisions et un traversin de lit d'hôpital en une semaine ?

Le Gravos coince du caquet :

– Là, pas d'doute, y m'bat ! D'un vélo, j'dis pas, on peut toujours briffer la selle... surtout si une cyclisteuse l'a humectée d'son prose ; mais dans une télé, y a rien à avaler. Même pas les programmes !

– Pour essayer de le nourrir à son rythme, poursuit la femme, nous lui fournissons l'équivalent de vingt rations matin, midi et soir, et ça ne le rassasie jamais.

– Il s'agit d'un cas exceptionnel de polyphagie, relève ma bru.

La femme en blanc tique et rétorque du tac au tac :

– Tiens donc, il est rare que des policiers connaissent ce genre de pathologie.

J'interviens presto, histoire d'éviter l'inévitable amorce d'une joute cinglante entre les deux femelles.

– Amélie n'est pas un flic ordinaire, précisé-je. Elle dirige nos laboratoires scientifiques. Ses diplômes pourraient tapisser cette pièce et même en obturer les fenêtres.

La prof esquisse un rictus embarrassé :

– Pardonnez-moi, chère collègue, je ne pouvais pas deviner vos compétences en la matière.

N'étant pas dame à se laisser moucher de son bon gré, elle tente insidieusement de piéger Amélie :

– Vous n'ignorez sans doute pas les causes de cette étrange et rarissime affection ?

– Je ne suis pas une spécialiste de la question, mais je crois me souvenir qu'il s'agit d'un grave désordre neurologique dans le système digestif. Les patients possèdent un estomac épais et volumineux, relié à un duodénum tellement dilaté qu'il constitue un estomac secondaire. L'intestin est très court et sans circonvolutions. Il s'apparente à celui des grands carnassiers, comme le lion ou le tigre.

Ébaubie, baba, scotchée, collée au mur – choisis ton expression générationnelle –, Johana rend les armes :

– Bravo ! Je ne connais pas dix personnes possédant votre savoir en ce domaine. Je crois qu'on va bien s'entendre.

Autant les mecs sont disposés à faire ami-ami sitôt qu'ils se découvrent une passion commune – le golf, la chasse, les timbres-poste, la pétanque, la Bourse, le squash, la pêche au gros, les meufs ou la java –, autant les gazelles se montrent méfiantes vis-à-vis de celles qui partagent leurs inclinations. Ma belle-fille tient à rappeler d'emblée le caractère officiel, et donc les prérogatives qu'implique sa fonction.

– Avez-vous pris des dispositions pour que Tartarovic ne puisse plus nuire à notre enquête ?

– Bien sûr, se soumet la doctoresse. Je l'ai fait placer dans une cellule de contention.

– Merci.

– Le temps d'évacuer la dépouille et de consolider le mur. Mais il ne devra pas tarder à recouvrer une certaine liberté de mouvement, et des conditions d'hospitalisation décentes.

– J'entends bien.

– Vous savez qu'aucune inculpation ne peut lui être signifiée. Son état pathologique avéré le place en dehors de toute juridiction et sous contrôle médical permanent. En l'occurrence, le mien.

Je choisis le silence qui s'ensuit pour reprendre la parole :

– Bien, la situation est claire. Vous pouvez disposer, docteur.

Johana Médéric se crispe :

– Je vous ferai remarquer que nous sommes dans mon bureau, ici ! grince-t-elle.

– Je ne doute pas que quelque patient ait urgemment besoin de vos soins.

– Je dois quitter les lieux ? C'est un ordre ?

– Une simple requête.

Sans ajouter un mot, la femme récupère son dossier, se le cale sous le bras et sort en claquant la porte.

Stupéfié par mon comportement, Toinet s'apprête à ouvrir son clapoir, mais je lui coupe la chique en lui tendant le carnet rouge à motifs dorés.

– Toi, tu vas me faire parler ce calepin. Je suis sûr qu'il est à l'origine de toute cette affaire.

– D'accord, p'pa, mais…

– Toi, Amélie, oublie le cadavre, y a plus grand-chose à en tirer. Je veux tout savoir sur Tartarovic et les autres monstres du Pr Médéric. Et avec ton mari, vous procédez à une perquise en règle des locaux.

– D'accord, mais…

– Toi, Béru, tu vas profiter de ton statut de patient pour t'informer discrètement sur le service RTT, sur Johana et sur l'infirmier N'Goma. Et en tant qu'officier de police judiciaire, tu recueilles la déposition de Tartarovic. Votre commune boulimie devrait créer des liens entre vous.

– Jockey ! Ça va marcher comme sur des roulettes[1] ! Mais z'avant, faut que j'passe à ma carrée. C'est l'heure d'not' rendez-vous sur Strike, avec Berthe.

– Tu veux dire Skype ? Tu connais ce genre de connexion, toi ?

– C'est Alfred qui nous a équipés. En plus d'la coiffure, il est d'venu férule en internaute. A'ec ma rombière on enfile l'parfait amour, ces temps-ci, alors on reste en contact. Elle me montre sa babasse, j'lu fais miroiter le molosse, pas qu'la mayonnaise tourne.

Profitant de mon interloquance, Toinet me pose la question qui le taraude :

1. Tiens ! Voilà un bon titre pour un *San-Antonio*, non ?

– P'pa, je voudrais comprendre pourquoi tu t'es montré aussi cassant envers Johana Médéric !

– Parce que cette femme ne nous dit pas toute la vérité.

– Qu'est-ce qui te donne à le penser ?

Je fais coulisser un tiroir du bureau, en sors un carnet rouge et doré identique au premier, mais vierge.

– Ça !

9

J'en connais trop
qui se sont fait installer
le tout-à-l'ego.

C'est pas pour me vanter, mais je ne suis pas homme à faire la queue parmi les pékins.

L'heure d'affluence vient de sonner au bureau de poste de la rue du Docteur-Lapécole. Je remonte la file des badauds qui s'est constituée devant l'unique guichet ouvert – et on se plaint du chômage, ma pauvre dame !

– Police ! clamé-je pour endiguer les rouspétances.

Débordée, exténuée, le front emperlé de sueur, la préposée chope la carte de matuche que je lui tends, la pose sur sa balance et me demande d'un ton machinal :

– Tarif normal ?

– Ce sont des réponses prioritaires, que je souhaite !

La môme observe ma brème, rosit de confusion.

– Oh, excusez-moi ! En fin de journée, je suis complètement vannée, surtout par ces chaleurs.

Il s'agit d'une brunette un rien boulotte mais plutôt appétissante et consommable derrière une bonne douche et un coup de rasoir sous les aisselles.

– Je souhaitais parler à Mme Heffassé, dis-je en remisant mes fafs.

– Tatou n'est pas là et Corine en congé de maternité. Vous voyez bien, je suis seule à tenir la boutique, avec le receveur, mais… (elle jette un regard derrière elle et baisse le ton), mais lui, il lui tombera un œil avant qu'il vienne me donner un coup de main derrière les guichets.

– Pour en revenir à Tatou…

– En fait, son vrai prénom, c'est Tamakakotou. On a raccourci.

– C'est son jour de repos ?

– Non, la pauvre ! Elle est partie chez elle enterrer sa mère, déjà qu'elle a perdu son père le mois dernier.

Orpheline et veuve dans la foulée, l'année du lapin tourne au civet, pour elle.

– Son pays, c'est bien le Gabon ?

– Exact. Ses parents habitaient Libreville, un euro soixante-dix pour moins de cent grammes en courrier économique.

L'info me déconcerte – je ne te parle pas du tarif de l'affranchissement à destination de l'Afrique. C'est clair, je me suis fourvoyé en suivant la piste de l'épouse de N'Goma. Alors, qui était donc la fille noire venue récupérer la poubelle en scooter ? Une amie de l'infirmier, une complice, une maîtresse ? Toute coïncidence est impossible. Je refuse le hasard pour la simple et bonne raison que je ne le maîtrise pas.

– Une dernière question avant que vos clients ne me lynchent, soufflé-je à la postière. Votre collègue Tatou possède-t-elle un deux-roues ?

– Une Vespa, oui. Pourquoi, on lui a chourée ?

– Possible, éludé-je.

Au sixième coup de sonnette sans réponse, t'en conclus quoi, Moudu ?

Qu'y a nobaudet atome, on est bien d'accord.

L'appart' est perché au septième sans ascenseur d'un immeuble pouilladin d'une ruelle en cul-de-sac. C'est dans ce coinceteau galeux qu'habite la famille Heffassé, d'après les renseignements puisés à l'hosto. Je souffle et crachote, histoire de me vivifier les bronchioles. L'expector mène l'enquête, tu te souviens l'émission sur TF1 ?

Qu'alors j'exhibe mon sésame et crochète la lourde en un cric-crac. Me voilà au beau milieu d'une entrée aussi vaste qu'une cabine d'essayage pour anorexiques. Afin d'éviter la crise claustro, j'investis la pièce à vivre pas trop glamour mais plutôt sympa, car enjolivée d'africaneries : girafe sculptée dans une souche, croco en céramique et statuettes de négresses à plateau avec des nichons comme des sacoches de scout. M'enfin, j'ai jamais trop su faire la différence entre le véritable art primitif et sa réplique made in Singapore.

À l'ouïe, je mesure ma bévue. Le crépitement d'une douche voisine me signale que le local n'est pas désertifié.

Je m'apprête à sonner retraite lorsqu'un battant s'ouvre à la volée. Une immense Black surgit, le corps ruisselant. Elle n'est pas vraiment nue, puisqu'elle arbore un colifichet de cuivre martelé sur sa poitrine d'ébène authentique. Elle porte une longue chevelure décrêpée, mais sa foune, rasée au cordeau, évoque la tonsure d'un jeune alpaga.

Elle ne pousse pas la bramade que je redoutais. Se contente d'une interrogation :

– Comment vous êtes entré ?

– Par la porte.

– J'ai encore oublié de fermer, c'est tout moi.

Sans vergogne, la vigogne va ouvrir un tiroir, enfile un string ainsi qu'un embryon de soutif.

– Vous êtes qui ?

– Un… un ami de N'Goma.

– Infirmier, vous aussi ? (Elle se reprend.) Non, toubib, vu votre classe. Asseyez-vous.

Je dépose mes meules sur le coin du canapé. Elle vient se lover à mon côté. Je l'observe, la glotte coincée entre lar- et phar-(ynx). Ses yeux sont taillés en amande, ses lèvres suaves comme des noix de pécan. Une chance : j'adore les fruits secs. Le mendiant, c'est riche en vitamine E, en oméga 3 antioxydants, et je peux te jurer qu'en sus ça te fout une trique d'enfer.

– Mon beau-frère n'est pas là, mais c'est pas grave, minaude-t-elle. Moi, c'est Manouda.

– Je présume que vous êtes la sœur de Tatou ?

– Vous pigez vite. Elle est partie pour le Gabon aux funérailles de notre maman.

– Je suis au courant. Toutes mes condoléances.

– Elle était rongée par la tuberculose, c'est presque un soulagement.

– Vous n'avez pas pu vous rendre personnellement aux obsèques ?

– Hélas ! On n'a pas assez de sous pour payer deux billets. Moi, j'étais à l'enterrement de papa. Cette fois, c'est Tamakakotou qui est partie. Et puis, il faut bien tenir la maison : la cuisine, le linge, le ménage, c'est un boulot de femme.

– Et aussi effectuer les petites courses personnelles de N'Goma, insinué-je.

La Blackette se rembrunirait si son derme n'affichait déjà 9 sur 10 à l'échelle de coke – le charbon, s'entend.

– Vous parlez de quoi ?

– De la rafle d'une poubelle, devant l'arrêt du bus 72, avec la Vespa de votre sœur.

Cette fois, Manouda blêmirait si sa peau était accessible à l'échelle de coke – la poudre blanche, s'entend.

– Vous n'êtes pas médecin ! affirme-t-elle.

– En effet. Je suis flic.

– Oh, merde ! Je suis bonne pour un billet de retour au patelin ! J'ai qu'un visa périmé.

– Non, non ! Ne vous inquiétez pas ! Je ne suis guère en harmonie avec mon ministre, sur ce point. Les reconduites à la frontière, c'est pas mon truc. Je veux simplement savoir pourquoi vous avez été ramasser cette poubelle.

La môme n'a d'autre issue que de me virguler la vérité.

– En début d'après-midi, N'Goma m'a laissé un texto sur mon portable. Il me disait qu'il avait paumé des papiers importants dans une poubelle proche de l'hôpital. Il n'avait pas le temps de les récupérer. Il me demandait d'aller la chercher et de rapporter le tout à la maison. J'ai pas trop compris, mais j'ai obéi. Forcément.

– Pourquoi forcément ?

– Parce qu'un beau-frère, chez nous, on doit lui obéir comme si on était sa femme.

– Et elle est où, cette poubelle, maintenant ?

– Je l'ai bourrée dans le coffre du scooter de ma frangine.

– Et le scooter, il est où ?

– Garé en bas, dans la cour de l'immeuble.

– Allons-y.

Manouda se plaque contre moi, se fait pieuvre, ses bras tentants tentaculaires.

– Elle va pas se sauver, la poubelle. On a du temps devant nous…

Je la repousse sans ménagement.

– Désolé, cocotte ! Je sais bien que tu te vends par trouille de l'expulsion.

– Non ! hurle-t-elle. Je te jure que j'ai envie de toi. Dès que je t'ai vu, tu as commencé à me manquer.

– Arrête ton cirque…

– Tu me crois pas ? rugit-elle. Tu penses que je te baratine ?

Elle attrape ma main et la contraint à se couler entre ses cuisses.

– Tu sens pas comme je mouille ? Ma culotte est trempée. Et c'est pas de la pissette, je truque jamais !

Évidemment que j'ai craqué, on ne se refait pas. Attention ! Je ne suis pas disposé à te raconter illico cette partie de fion, la plus zarbie de ma vie. Toute digression porterait préjudice au bon déroulement d'une intrigue qui se veut serrée, haletante, sans temps mort demandé par l'arbitre. Mais comme il n'est pas question non plus de te frustrer, j'ai consigné la séquence à l'extrême bout de ce récit, comme indiqué en exergue. Si tu ne peux pas résister, va faire un tour juste après le mot FIN. Garde une main sur le bouquin et fais ce que tu veux de l'autre. En tout cas, je te préviens : c'est pas moi qui offre le teinturier.

Pour revenir en *direct live*, sache qu'au sortir de nos élencubrations, Manouda et moi avons dû passer par la case ablutions. Puis, ne rechignant jamais aux nobles tâches de Cendrillon, la belle a repassé mon polo plus bouchonné qu'un pinard de cantine, et détaché sur mon bénard quelques traînées suspectes.

J'ignore si tu fantasmes pendant que tu limes. Moi, ça m'arrive. Soit pour me motiver, soit, au contraire, pour m'apaiser, parce que la bête coulisse aimablement sur son erre. Or, durant cette ardente séquence, une fulgurance m'a zébré le cortex sous la forme d'une question basique : quand N'Goma a-t-il expédié le SMS à sa belle-sœur pour lui commander le ramassage de la poubelle ?

Une seule tranche horaire possible : entre son retour depuis la poubelle vers l'hôpital et l'instant où il s'est retrouvé avec une lame fichée dans la tripaille. Soit un laps d'environ cinq minutes. D'ailleurs, pendant que je le suivais, il bidouillait son bigophone.

– On pourrait vérifier un truc ? demandé-je à Manouda qui vient de planquer sa case Trésor sous un jean délavé et de passer un T-shirt sur la maison Gloria.

– Quel truc ?

– Sur ton portable, tu peux trouver l'heure exacte du texto de N'Goma, non ?

– Bien sûr.

Elle manipule son Samsung, lequel rend vite son verdict : 15 h 27. Le bon créneau ! Je me souviens que la pendule du hall de l'hosto indiquait une heure avoisinante lorsque je m'y suis pointé à sa suite.

– D'où a-t-il envoyé ce message ?

– Depuis son portable.

– Tu es sûre ?

– Ben oui, regarde : 060728... Y a pas de doute.

La négrillonne semble soudain réaliser l'étrangeté de la situation. Jusqu'alors, elle s'était laissé porter par sa frénésie culière. Lorsque la viande est assouvie, il arrive que l'intellect prenne le pas.

– Pourquoi tu me poses toutes ces questions ?

– Parce que j'enquête.

– Sur quoi au juste ?

Plus le temps de finasser :

– Sur la mort de ton beau-frère.

La bouille de Manouda se désagrège :

– N'Goma ! Il est mort ?

– Il s'est suicidé.

– Suicidé ? C'est pas possible ! Ce matin, il m'a réclamé un poulet yassa pour le dîner. C'est son plat préféré. Non, j'y crois pas...

Deux larmes lourdaudes comme des gouttes de saindoux sur le bord de la terrine du chef sillonnent ses joues. Je lui dépose un bisou dérisoire dans le cou.

– Comment je vais pouvoir annoncer ça à Tatou ? gémit-elle.

– Pour l'instant, tu n'annonces rien. Tu attends qu'elle revienne en France.

– Je voudrais voir le corps.

Un frémissement me parcourt à l'évocation des restes en charpie de l'infirmier.

– Plus tard. Tu dois d'abord m'aider à comprendre les raisons de son geste.

– D'accord, se soumet-elle.

– Pour commencer, tu vas aller chercher la poubelle.

– D'accord ! répète-t-elle.

J'attends qu'elle se soit évacuée pour composer le numéro de mon fils.

– Toinet ?

– Oui, p'pa !

– Vous en êtes où, de la perquise ?

– Presque finie. Rien de probant.

– Avez-vous découvert un portable sur la dépouille de N'Goma ou dans les parages ?

– Négatif, et pourtant on a minutieusement ratissé le vestiaire.

Solution envisageable :

– Tartarovic a pu le bouffer aussi, il est capable d'ingurgiter n'importe quoi.

– Envisageable, oui.

– Alors, tu vas exiger un scanner immédiat de ce monstre. Je veux savoir s'il a avalé ou non le téléphone de l'infirmier.

J'esgourde le soupir typhonique de mon lardon.

– Les scans sont bookés des mois à l'avance, p'pa.

– Une simple échographie pourrait peut-être suffire. Vois le Pr Coën Delaar, c'est le directeur de l'hosto et un de mes bons potes. Je veux une réponse dans moins d'une heure !

Je raccroche, manière d'esquiver toute récrimination.

Dans ma tronche, un film passe et repasse. Scénario cosigné par San-Antonio et son imaginaire. Il raconte l'histoire d'un infirmier du CHU Dizenterios Pzoriazis. N'Goma Heffassé, originaire du Gabon, travaille dans le service du professeur Johana Médéric. Ses patients sont des monstres, mais il semble s'accommoder d'une telle promiscuité. Voici quelques heures, il va déposer sa propre poubelle perso, sans doute par souci de discrétion, dans une poubelle de rue. Peu de temps après, il se ravise et tente de récupérer quelque chose – un carnet rouge ? – à l'intérieur de ladite poubelle. Il ne trouve pas ce qu'il cherche, puisque je m'en suis emparé. Pressé, car il doit reprendre immédiatement son service, il demande à sa belle-sœur de venir ramasser le contenu de la poubelle en question, car la disparition du carnet rouge l'inquiète.

Pourquoi n'a-t-il pas lui-même embarqué la poubelle ? Parce qu'il ne pouvait pas réintégrer l'hosto lesté de ce fardeau.

Que pouvait donc contenir sa poubelle, outre le carnet rouge ? C'est ce que j'espère découvrir en farfouillant dedans. Sitôt que Manouda sera de retour. Et je commence à trouver qu'elle lambine.

Je patiente encore une double paire de minutes avant de décréter l'état d'urgence. Sept étages à descendre, sept étages à remonter, ça ne réclame pas une plombe, surtout à une gamine bien baraquée de vingt-cinq piges à peine. Même si elle vient de s'en prendre un bonne rafale dans le soubassement et qu'elle flanelle des pattes arrière.

Je dégringole l'escalier par volées de quatre marches. Au troisième, je croise une matronne voilée qui s'époumone à grimper deux cabas chargés de denrées pauvres, donc pesantes. Mû par ce sens du sacrifice que m'ont inculqué les curetons et par la notion de bonne action que me rabâchait maman, je viens en aide à cette femme. Comme elle se rend au sixième, je rebrousse chemin, remonte l'escadrin en coltinant son barda.

Lorsque je parviens enfin dans la cour de l'immeuble, je découvre une Manouda inerte, tassée contre le réceptacle à poubelles.

Des poubelles, encore des poubelles !

Petit détail : le coffre du scooter est ouvert.

Et vide !

Une galoche bien lovée suffit à faire recouvrer ses esprits à la Blackette.

– Que s'est-il passé ? questionné-je, sitôt que la voilà redressée sur ses échasses.

– J'ai rien eu le temps de comprendre ! Quand je suis arrivée, la courette était déserte. J'ai introduit la clé de la Vespa dans la serrure de la malle. Un bruit dans mon dos m'a fait sursauter. Quelqu'un venait d'entrer derrière moi. Pas le temps de me retourner, j'ai senti un violent choc à la tête et puis… j'ai dû m'écrouler.

Je désigne un tronçon de tuyau de plomb à l'extrémité duquel un morceau de tissu maculé de cambouis a été entortillé.

– C'est probablement avec ça qu'on t'a estourbie !

Je récupère un sac en plastique, le défroisse et glisse la matraque improvisée à l'intérieur. Le chiffon souillé a dû être tripoté par de nombreuses paluches durant sa fin de carrière loqueteuse, mais qui dit qu'il ne pourra pas néanmoins nous révéler l'ADN de l'agresseur ?

Pour peu que ce dernier n'ait pas pris la précaution de se ganter…

– C'est quand même pas pour me voler une poubelle qu'on m'a assommée ? s'interroge Manouda, encore un chouye envapée.

– Si !

Elle se frictionne pensivement l'occiput, là où une aubergine pour ratatouille niçoise est en train de croître et embellir.

– Tu devrais consulter un toubib, ça serait plus raisonnable.

– Non, non !

– Alors je vais te conduire chez le pharmacien.

– Chez l'Arabe du coin, plutôt. Une papaye mûre écrasée avec du citron vert et roulée dans un torchon, c'est le remède miracle, dans mon pays. On applique cet emplâtre sur la bosse et elle dégonfle à vue d'œil. Tu paries ?

– Je te crois. Je n'ignore pas les vertus curatives des plantes. Toute mon enfance ma mère m'a soigné à coups de tisanes. Du tilleul pour dormir, de la camomille pour la digestion, de la bourrache pour faire suer, de la verveine pour se calmer, de la queue de cerise pour faire pipi et de la bourdaine pour la grosse commission. Je ne sais pas si c'est grâce à ces herbes sauvages, mais regarde la forme que je tiens aujourd'hui !

Manouda se blottit contre moi.

– Sûr que tu n'as pas besoin d'une infusion au ginseng !

– Tu peux marcher, ça va aller ?

– Pas de souci. Seulement j'ai pas pris de sous, et m'sieur Hassen il fait pas crédit.

Je lui refile une coupure :

– Tiens ! J'ai quelques questions à poser dans le voisinage. On se retrouve chez toi.

Manouda plaque ses nichons contre mon poitrail.

– Pour le match retour ?

– Avec ta bosse, tu auras du mal à t'allonger sur le dos, badiné-je ; même les chameaux n'y arrivent pas.

– La levrette, ça n'a pas été conçu que pour les chiens ! objecte-t-elle.

Je l'abandonne, frémissante, à ses emplettes exotiques. Puis je remonte en petites foulées jusqu'au sixième, toque à une porte. La fatma dont j'ai charrié les couffins n'est pas surprise de me revoir.

– Ah ! Excusez-moi, j'ai oublié de vous donner une petite pièce, tout à l'heure.

J'ai beau lui expliquer que je ne veux rien, que je n'ai agi que par bienveillance, elle insiste et je suis contraint d'accepter son obole de cinquante centimes.

– Dites-moi, madame, fais-je, enfouillant la mornifle, la petite jeune femme noire du dessus vient d'être attaquée par un individu qui a essayé de lui voler son scooter.

– Misère ! Comment Allah permet des choses pareilles ?

J'omets de lui répondre qu'Allah en permet d'autres, pour en venir à ma préoccupation du moment :

– Quand vous êtes rentrée, tout à l'heure, vous n'auriez pas remarqué un rôdeur, ou du moins une personne étrangère à l'immeuble ?

La brave moukère rameute sa mémoire en se gratouillant les tifs à travers son hijab.

– En revenant, non. Mais quand je suis sortie faire mes courses, y a une bonne demi-heure, j'ai vu un type sous notre porche. On aurait dit qu'il attendait quelqu'un.

– Vous pouvez me le décrire ?

– Non. Il avait sur la tête une espèce de niqab de motard.

– Un casque intégral ?

– Oui, c'est comme ça que mon fils il dit. Maintenant que j'y repense, je l'ai revu en sortant de l'épicerie de m'sieur Hassen. J'ai trouvé bizarre qu'il monte dans une voiture et pas sur une moto.

– Elle était comment, cette voiture ?

– Oh là là ! J'y connais rien. Petite et bleue, c'est tout ce que je peux vous dire.

– Merci infiniment, madame.

Je lui rends sa pièce de cinquante centimes. Elle l'accepte.

Tandis que je grimpe au septième attendre Manouda, non pour la seconde mi-temps qu'elle espère, mais pour une prise de congé décente, mon téléphone carillonne.

Toinet, au bout du fil, m'informe que sous la pression du dirlo de l'hosto, Tartarovic a pu être immédiatement passé aux rayons.

– Résultat, fils ?

– Aucun portable n'a été détecté dans sa boyasse.

– J'en aurais mis ma bite à couper ! Et pourtant, elle a encore du pain sur la planche !

– Tu en conclus quoi, p'pa ?

– Que N'Goma a été assassiné !

10

Quand on bouffe de l'andouillette, comment l'intestin sait-il ce qu'il doit digérer ?

C'est pas pour me vanter, mais j'adore l'atmosphère de mon burlingue. Surtout quand Béru ne l'a pas empestée de ses arpions ni de ses exhalaisons sphinctériennes diverses et avariées.

Nous dînons de quelques sandwichs concoctés à la hâte par Amélie, poussés par force cafés à la saveur fade d'eau du bain de bébé.

– On attend ton rapport, p'pa ! m'exhorte Toinet.

Le monde à l'envers ! V'là les fistons qui demandent des comptes à leurs pères, les subalternes qui exigent des explications de leurs chefs !

Où ça va, ça ? aurait bougonné mon paternel, lequel ne blaguait guère sur les hiérarchies établies. Mais baste ! J'attends tellement de mes collaborateurs que je dois leur fournir un exemple irréprochable. Alors j'amorce la pompe en racontant l'essentiel de ma rencontre avec Manouda. Je biffe naturellement tout ce qui concerne le radada. Ma belle-fille me considérant à raison ou à raison – comment lui donner tort ? – comme un obsédé de la bébête à deux dos, je ne tiens pas à lui fournir du grain à moudre. J'évoque ensuite ma visite à la fatma du sixième étage, assortie de son témoignage sur le motard guettant Manouda.

– Ma conclusion est la suivante : l'assassin de N'Goma lui a subtilisé son portable. Il a découvert le SMS envoyé à sa belle-sœur et il est venu attendre la Blackette devant chez elle pour lui piquer la poubelle qu'il estimait compromettante.

– C'est dingue ! note Amélie.

– Et même complètement barge ! ratifié-je. Mais ça nous offre la trace d'un motard au volant d'une petite voiture bleue. Si on ajoute l'analyse ADN du bout de tuyau ayant servi à tabasser la fille ainsi que celle du chiffon qui l'entourait, le tout pourrait constituer une piste sérieuse. Et de votre côté ?

Toinet tord le blair.

– La perquisition ne nous a rien appris. Si ce n'est que nous avons trouvé six autres spécimens de carnets rouge et doré dans un placard du bureau de Johana Médéric. Tous inutilisés.

– Nous n'avons posé aucune question à ce sujet au professeur pour ne pas éveiller sa méfiance, poursuit ma bru.

– Bonne absence d'initiative.

– J'ai transmis l'un des exemplaires à nos services techniques afin qu'ils essaient d'en déterminer la provenance.

– Bien. Et concernant celui de N'Goma ?

– Ce n'est pas le sien. En tout cas, l'écriture figurant sur ce calepin n'est pas la sienne.

– Alors ? Qui a rédigé les notes contenues dans ce carnet ?

– Personne du secteur RTT ! affirme mon fils. Sous prétexte de leur faire rédiger une brève déposition, on a récolté l'écriture de tous les gens du service et on a comparé. Le graphisme ne correspond à celui d'aucun d'entre eux.

– Ni le Pr Médéric, ni Attila, son adjoint hongrois, ni Karine, l'infirmière, ni Diane, la secrétaire, ni cette andouille de Gémeau ne peuvent avoir graffité ce carnet, je suis formelle ! ajoute Amélie, toujours soucieuse de rectitude.

– Déconcertant ! admets-je. Si N'Goma n'avait pas lui-même écrit sur ce calepin, ni aucun de ses collègues, je pige mal sa hantise de le retrouver après l'avoir paumé.

– On va réfléchir, p'pa. Y a sûrement un sérieux mobile à son comportement.

– Il y en a toujours un à tout comportement ! dit son épouse, péremptoire. Sauf à se trouver en présence d'un être hors du commun.

– Ce qui n'était pas le cas de N'Goma, souligné-je. En revanche, ses patients, eux, sont plutôt hors normes, semble-t-il, chuinté-je, manière de leur rappeler l'autre volet de leur mission : la nomenclature des monstres hébergés au RTT.

– Oh que oui !

– J'écoute.

– Tu es prêt à tout entendre, p'pa ?

– J'ai l'outrecuidance de le croire.

– Parce que l'histoire de Tartarovic le polyphage pourrait passer pour une bluette à côté de ce qui reste à vous conter, m'avertit Amélie.

– Allez-y, je suis prêt à tout.

– Chambre bleue, il y a Tiaga, la femme cochon, une Péruvienne de vingt ans qui a passé la majeure partie de sa vie dans un cirque en Amérique du Sud. Sa santé se dégradant, un mécène l'a envoyée en France au service du Pr Médéric.

– Femme cochon… J'imagine que son nez est un groin.

– La cerise sur le gâteau, p'pa. En complément au programme, elle marche à quatre pattes avec les genoux inversés, ce qui lui confère une démarche de quadrupède…

– Son corps est rose, couvert d'une soie porcine en lieu et place d'un duvet humain ! ajoute Mélanie.

– Quelle horreur ! Comment cette fille peut-elle subsister ?

– Grâce aux traitements qu'on lui prodigue ici.

– Le pire reste à venir, p'pa. Et il a de l'imagination ! Chambre verte, on trouve Pedro et Pablo, deux jolis petits garçons capverdiens.

– Leur problème, précise ma belle-fille, c'est qu'ils possèdent deux têtes, deux thorax, mais un seul abdomen et une seule paire de jambes pour deux.

– C'est effroyable ! On ne peut évidemment pas envisager de les séparer, comme certains autres siamois.

– Exact. Ils sont solidaires dans toutes leurs fonctions digestives. Ce qui signifie que sitôt que l'un mourra, l'autre ne lui survivra pas.

– Que peut faire la science pour eux ?

– Leur éviter de souffrir et leur apporter un réconfort psychique. C'est ce que tente le Pr Médéric.

Difficile d'accepter tant d'injustice ! Tu n'as pas honte, comme moi en cet instant, de ton corps à deux bras, à deux pattes et deux têtes[1] ?

Me présumant déconfit, mon lardon joue les pères la pudeur :

---

1. Une pleine de neurones et l'autre de nœuds. Bon, si on rigolait pas un peu…

– Tu veux vaiment qu'on te parle de T'sing, la fille de la chambre rose, p'pa ?

– Envoie !

– OK ! Je laisse mon épouse t'expliquer.

Amélie déglutit à plusieurs reprises avant de se décider :

– Il s'agit d'un cas exceptionnel et horrible d'une jeune adolescente de quatorze ans, d'origine cambodgienne. Elle vient juste d'arriver dans le service. Elle présente des occlusions congénitales de l'anus et du vagin. Elle survit miraculeusement en vomissant ses matières et en évacuant ses urines et ses règles par les seins[1] !

Si tu as encore faim, tu me le dis !

Je connais un pizzaïolo qui livre à domicile.

1. À ceux qui pensent que je débloque, je recommande le formidable ouvrage de Martin Monestier, *Les Monstres*, paru au Cherche Midi.

11

On pâtit davantage des rencontres qu'on n'a pas faites qu'on ne bénéficie de celles qu'on a faites.

C'est pas pour me vanter, mais je finis par regretter d'avoir débusqué ce petit carnet rouge.

T'imagines, si on était venus, tranquilles, dans ma Volvo[1], Féloche et moi, au lieu de prendre le bus ? Je me serais garé en souplesse sur le parking de l'hôpital, ce qui m'aurait évité de passer devant la maudite poubelle. N'Goma aurait récupéré le carnet rouge et n'aurait peut-être pas été assassiné.

Tu vois, ce que je déteste, dans notre existence quotidienne, c'est justement le quotidien, l'anodin et surtout le fortuit.

1. J'ai changé de bagnole, je t'expliquerai.

Souvent, je pense à ce qui me serait advenu si j'avais laissé dévier d'un mètre la trajectoire de mes pas, ou d'une seconde le rythme de ceux-ci. Je n'aurais jamais croisé les mêmes gens.

Vous que j'ai rencontrés, je mesure l'influence, bienvenue ou malencontreuse, que vous avez pu avoir sur mon destin. Je vous ai classifiés à la manière de Buffon, sans son rigorisme scientifique. J'ai épinglé votre souvenir dans le coffret de ma mémoire comme l'entomologiste crucifie un papillon après l'avoir éthéré.

Par les mots d'Antoine Pol, Brassens chantait les lèvres absentes de toutes les belles passantes qu'on n'a pas su retenir. Je crois me souvenir de toutes celles, entrevues, qui auraient pu peupler ma solitude. Mais c'est à vous, à vous tous et toutes que je n'ai jamais vus, à ceux et celles qui sont passés dans mon dos, ou la seconde d'après, ou la seconde d'avant, et qui auraient peut-être pu modifier le cours de mon existence, que va mon cri de désespoir.

Une main ferme me secoue l'épaule.

– P'pa ! Tu nous écoutes ?

J'écarquille les quinquets, le ciboulot ensablé :

– Pardon ! J'ai dû m'assoupir. La journée a été agitée.

– La journée, ou la petite Black ? persifle Toinet dans mon entonnoir à nougat.

– Les deux, mon capitaine !

– On évoquait le contenu du carnet rouge, ça vous intéresse ? enchaîne ma bru, toujours prompte à me secouer le paletot et à remonter mes bretelles…

Auprès de ma bru,
Fait pas bon, pas bon, pas bon
Auprès de ma bru,
Fait pas bon dormir !

– Je vous évase mes ouïes ! gargouillé-je. Le contenu du calepin, donc ?

Amélie parcourt son pense-bête :

– Il faut d'abord préciser que le carnet n'a pas de sens de lecture évident. D'un côté, quatre pages ont été crayonnées. Si on le retourne, deux pages seulement ont été noircies sur l'autre face, à l'envers. Au centre, quarante-six pages sont vierges, mais les huit du milieu ont été arrachées, sans doute pour servir de bloc-notes, car on distingue des traces de Bic rouge sur les dentelles de déchirure.

Plus précis que ça, tu sombres dans la maniaquerie, non ? C'est mon lardon qui embraye :

– Sur l'une des faces, les quatre premières pages n'offrent a priori qu'un intérêt mitigé, mais non dénué de jolies perspectives. On y trouve les mesures d'un lave-vaisselle, largeur, hauteur, profondeur ; les cotes de plusieurs étagères ; l'adresse et le téléphone d'un cuisiniste de la rue Moulensac, proche de l'hôpital.

– Intéressant !

– Hé oui. On a vérifié : cette entreprise existe bien. Si tu en es d'accord, p'pa, on se propose de rendre une petite visite demain matin à son gérant. Il pourra peut-être nous aider à identifier le proprio du calepin si ces écrits ne remontent pas au calendrier grec, comme dit tonton Béru.

– Y a pas mieux à faire !

– Merci, patron ! se réjouit ma belle-fille. Et sur l'autre côté du carnet, les deux pages de notes sont davantage intrigantes.

– Tu attises mon encéphale !

– Quatre noms ont été tracés les uns en dessous des autres. Voyez vous-même, patron :

Véronèse †
Van Gogh
Klein †
Picasso †

– Des noms de peintres ? m'étonné-je.

– Chaque patronyme est ponctué d'une croix latine signifiant habituellement que la personne citée est décédée. Sauf celui de Van Gogh. Véronèse est mort en 1588, Van Gogh en 1890, Klein en 1962, et Picasso en 1973, j'ai regardé sur Internet. Tout le monde sait que ces artistes ont depuis longtemps disparu. Pourquoi Van Gogh, lui, n'a-t-il pas droit à son symbole mortuaire ?

Je livre ma réflexion à chaud :

– Parce que ces noms de peintres peuvent servir de pseudos à des individus contemporains. Que trois d'entre eux sont *ad patres* mais que celui affublé du sobriquet de Van Gogh est encore de ce monde. Autre chose à signaler ?

– Ouais, p'pa : un numéro de téléphone portable, griffonné un peu plus loin dans le calepin. On s'apprêtait à se renseigner quand tu es arrivé.

J'observe mon marmot et sa légitime. Parole, ils ont les joues caves et les mirettes réfugiées au fond des orbites (comme Ben Laden aurait dû faire dans des grottes de Tora Bora plutôt que de s'embourgeoiser dans son bunker secondaire au Chakistan).

– Vous avez l'air crevés, les enfants !

– Ben... La petite ne nous accorde jamais plus de trois heures de roupillon par nuit...

T'aurais pas pitié d'eux, toi ? Moi, si.

– Allez ! Rentrez vous pieuter ! Je prends le relais.

Je les regarde s'évacuer, un rien désabusé devant leur harassement. Curieuse trajectoire que celle des bipèdes de notre engeance. Ils plombent des chiards qui, petiots, leur pourrissent les nuits, plus grands leur pourrissent les jours, jusqu'à ce qu'à leur tour ils pourrissent la vie de leur progéniture en se mettant à gâtifier.

Tout flic raisonnable en possession d'un numéro de téléphone anonyme, fût-ce un 06, enclenche une démarche d'identification du titulaire parfaitement codifiée.

Tu connais mon aversion pour le machin administratif ? Ainsi que mon impétuosité légendaire ? L'une et l'autre m'inclinent à court-circuiter le processus. Au mépris des règles en vigueur, je compose le numéro de portable dégauchi sur le calepin. À la troisième sonnerie, une voix féminine répond :

– Taxis Merlot, j'écoute.

Me donner le temps de la réflexion, je chique au zigue dont le mobile passe mal :

– Allô ! Allô ! Vous m'entendez ?

– Je vous entends, oui ! Taxis Merlot, à votre service, reprend ma correspondante, révélant un accent que j'identifie à la louche comme du sud de la Loire et peut-être même de la Garonne.

– Là, je vous entends mieux. Un de mes amis, qui est aussi votre client, m'a donné vos coordonnées.

– C'est gentil.

– Voilà, j'ai besoin d'une voiture.

– Mon mari est pas là pour l'instant, c'est urgent ?

– Non, ça peut attendre un peu. Il sera libre quand ?

– Il aura fini sa course dans un petit quart d'heure.

– C'est bon, je peux patienter.

– Donnez-moi déjà l'adresse où il doit vous charger.

– Au CHU Dizenterios Pzoriazis, il connaît.

– Où ça ?

– L'hôpital, avenue du Commandant-Ganachon, à Boulogne.

– Boulogne ?

– Billancourt, pas sur-Mer.

Au terme d'un long silence, la femme s'esclaffe :

– Ah ! J'ai failli me faire avoir ! C'est Europe 1, non ?

– Non, non…

– Arrêtez, m'sieur Baffie, j'vous ai reconnu ! Y a plus de six mois que je laisse mon numéro à vos collaboratrices pour qu'on me rappelle. Je peux pas vous passer l'aut' con, il est pas là, je viens de vous le dire.

Sortie immédiate des aérofreins ! J'entre dans le jeu de mon interlocutrice, me laisse prendre pour le facétieux animateur jusqu'à en imiter la gouaille.

– Qu'est-ce qui t'a mis la puce à l'oreille, grosse vache ? En général, c'est plutôt des morpions que tu as au cul, non ?

– Ah, vous êtes impayable, m'sieur Laurent !

– À part la sodomie, t'aimes quoi, dans la vie ? Turluter les mecs dans le taxi de ton cornu ?

– J'aime surtout votre émission ! Et puis Julie. Elle est aussi sympa en vrai qu'à la radio ?

– Plus flamboyante encore ! Mais tu m'as pas répondu : comment tu as deviné qu'on était dans l'émission *C'est quoi ce bordel* ?

– C'te bonne blague ! Commander un taxi pour Boulogne… à Lourdes !

Je réagis au quart de poil :

– Ton tacot est à Lourdes ?

– Oui, mais moi, je suis tarbaise.

– Mieux vaut tard que jamais !

Je raccroche, déconcerté. La femme ne passera jamais sur Europe 1, elle en voudra à mort à Baffie. Si tu savais comme il s'en branle !

12

Ce ne sont pas les maigres
qui perdent leur froc, mais les gros
parce qu'ils l'arriment sous le ventre.

C'est pas pour me vanter, mais la nuit s'annonce aussi douce qu'une fibrillation de langue sur le prépuce ou le méat – je suis pas sectaire.

Le troisième étage de l'hosto est assoupi. Flotte dans l'air un parfum de soupe aigre et de carrelage javellisé. L'infirmière de nuit jaillit de son bocal, aussi amène qu'une hyène à qui tu prétendrais pratiquer un frottis de dépistage. Elle me barre le couloir de son popotin à impériale, me lorgne à l'ombre de ses sourcils à peine moins fournis que les poils follets ornant son goître.

– V'savez pas qu'les visites sont interdites à c't' heure ? jappe-t-elle.

– Hélas, je ne suis pas en visite, mais au boulot, comme vous, chère madame. Je me présente : commissaire San-Antonio !

– Je vois ! Vous êtes en famille avec l'inspecteur Bérurier ? s'amadoue la harpie.

– En famille, non ! me récrié-je. C'est mon adjoint. Nous avons un rapport urgent à rédiger ensemble.

– Pas de souci, allez-y. Chambre 303.

– Je sais, je suis déjà venu.

– Dites, commissaire, il est rigolo et sympa, votre collaborateur, mais c'est un sacré loustic !

Le Gravos n'est pas pieuté. Calé dans son fauteuil à roulettes, il s'empiffre de chips blanchâtres qui ont l'air sculptées dans du polystyrène, tout en guettant l'écran éteint de son ordinateur portable.

– Content d'te voir, Tonio !

Il me tend son paquet :

– Sers-toi ! J'ai d'la réserve. Jérémie Blanc m'a apporté un stock de ces saloperies, mais pas un seul truc buvable ! On voit bien qu'ils sont musulmans dans l'âme, ces gens-là, même quand y sont cathodiques !

– Mister Black prend soin de ta santé et de ton taux d'acide urique ! plaidé-je.

– Mon zob, ouais ! se rebelle le Mastard. Je pisse comme toi z'et moi ! Sans même qu'ça sente la moniaque ! Quand j'briffe des asperges, j'admets que ça schlingue à la licebroque ! Jamais quand j'bois du blanc. Tu sais, la méd'cine, faut en prendre et en laisser. R'garde le Merdator ! C'était un truc pour maigrir ! Un médicament trompe-faim ! Normal qu'ça aye occlusionné des décès. T'imagines, couper la faim !

Il me désigne l'unique chaise de sa turne.

– Assèye-toi ! J'attends un appel de Berthie d'une minute à la seconde. Nadège a pas fait de giries pour t'laisser entrer ?

– Tu parles de l'adjudante de service ?

– Elle-même. Comment tu la trouves ?

– Revêche et mal rasée.

– Bandante, quoi. (Il reluque son ordi, feutre sa voix.) Que j'te raconte ! Y a trois jours, elle était du matin, donc préposée à ma toilette. Vu que j'peux pas arquer, elle m'emmène à la douche sur mon fauteuil. Là, elle r'tire mon tricot d'porc et m'baisse la culotte de pyjama. T'aurais vu son foutresaut quand elle a découvert l'cobra ! Contrair'ment à César, elle a fait aucun commentaire sur ma gaule. Elle a mouillé un gant d'toilette et m'a fourbi les d'sous de bras, le dossard, l'poitrail. Quand elle en est v'nue aux bas morcifs, elle a préféré m'savonner à la main. Te dire si mon fuselage a pas tardé à atteindre ses quarante centimètres de croisière. Moive, j'étais pas resté les deux pognes dans l'même gant. J'y avais déjà descendu son froc blanc, même qu'elle portait rien en dessous, la gueuse, et j'lu ai monté la cressonnière en sauce gribiche. Soudain'ment soudain, elle s'est retournée et mise à croupetons pour s'insinérer gentiment la bestiole dans la moniche. Mais patatras ! Tu connais l'coup d'la savonnette qui fait tellement marrer, dans les films burnesques ? Elle glisse dessus, bat des brandillons et s'empale pile poil sur mister paf. Jusqu'à la garde ! Sauf que c'était pas là où elle espérait. Gentlewoman jusqu'au bout du rectum, elle a fait bonne figure et on a terminé à la va-comme-j'te-ramone. Quand j'lui ai eu versé mes honoraires, elle s'est pommadé le fion et m'a fait jurer de r'commencer, mais par-devant, la prochaine fois.

L'Immonde m'adresse un clin d'œil.

– J'crois que c'est pour ce soir, vu qu'elle est d'permanente.

Là-dessus, son ordi s'allume. L'image de Berthe Bérurier, plus truïesque que jamais, s'encadre en gros plan.

« Salut, mon homme ! lance sa voix déformée par la médiocre transmission.

– Salut, ma poule ! réplique l'Enflure.

– J'voulais juste te montrer ma chagatte avant d'aller faire dodo », batifole dame Béru.

« Faire dodo ? grognonne le Pourceau, concentré sur l'écran. Mais t'es pas dans not'piaule, me semblerait-ce.

– N'en effet, je suis z'encore au salon d'Alfred. Il a été débordé aujourd'hui et y peut me prendre que maintenant... pour une mise en plis. J'voudrais être belle, demain, pour te rendre visite.

– Ah bon, là d'accord ! Mais tu vas quand même pas soulever ta jupaille devant lui ? Il pourrait être jaloux. Et puis, y a San-Antonio qu'est là ! Je serais gêné qu'il voye tes avantages en nature.

– OK, Sandre, on remet ça à demain matin ?

– Banco, ma puce. Tchao !

– Tchao ! »

Sur l'écran, on distingue Berthe qui se penche en avant pour couper la communication.

Croit-elle.

Son buste prend du recul, on la voit s'affaler dans un fauteuil de coiffeur, trousser sa jupaille sur ses formidables cuissots dont la tranche médiane n'est masquée d'aucune lingerie, et dévoiler un triangle dodu et d'une exhubérante pilosité. Sa voix, quoique lointaine, nous parvient cependant :

« Bon, maintenant que le gros con a raccroché, on peut passer à l'action, Alfred ! »

– Non mais, que vois-je, qu'ois-je ? s'insurge mon compagnon d'armes.

– Tu ferais mieux de couper ta bécane ! lui recommandé-je. T'en à rien à cirer, de ta Lady Viagra !

– Ah non ! J'veux savoir c'qui lui fait !

Précisément, le pommadin vient d'entrer dans le champ, un sèche-cheveux en main. Il approche l'embout de l'ustensile de l'entrecuisse de sa compagne.

« Pas trop chaud, hein, Alfred ?

– Ne t'inquiète pas, je le règle à deux, comme d'habitude ! »

Sous l'effet du souffle, la toison australe de la grosse Bertha volette, laissant apparaître un clitoris plus volumineux qu'un cornichon à la russe.

– J'rêve pas, c'est bien elle ! se lamente Béru.

Il pousse la mortification jusqu'à monter le volume sonore. Les vociférations de son épouse nous envahissent bientôt les tympans.

« Ah oui ! Là, j'vais jouir… Continue… Plus fort… oui, plus chaud ! Ouais, ça y est, je viens, je viens… Ah…!!!!! C'était trop bon, Alfred ! T'as beau bander mou, et même plus bander du tout, y a que ton sèche-cheveux qui m'file le grand frisson ! »

Médusé, Alexandre-Benoît coupe le computer.

– Ben merde, alors ! Si j'avais été chez Darty ach'ter un Babyliss, j'serais peut-être pas cocu au jour d'aujourd'hui !

– Avec des si, on te mettrait dans une bouteille, grosse poire ! tenté-je de l'égayer. Pense plutôt à Nadège qui va rappliquer, sitôt que je serai parti, pour que tu lui passes la deuxième couche !

Il dodeline, alternant mimiques moroses et rictus réjouis.

– Remarque, t'a raison, San-A. Moi, la garde de nuit, c'est pas avec un appareil électroménager que je vais l'envoyer au fade ! Mais a'ec ma biroute en pure peau d'mâle !

Il avale d'une goulée une poignée de chips :

– Bon ! Je prépute que c'est pas pour écrire une thèse sur mes déboires conjugués qu't'es venu, Grand, mais pour que j'te dressasse mon rapport.

– Si fait, je t'écoute.

– J'ai exécuté tout c'que tu m'as demandé aux pieds d'Arlette. N'en fait-ce, je suis encore plus à mon aise ici qu'au burlingue. Comme malade, on m'chouchoute, on s'confie à moi ; et en tant que moi-même personnellement, inspecteur principal Bérurier, on m'respète, on m'obéit. Je r'grette pas ma crise de goutte. D'autant que j'trimbale finalement mieux ma brioche sur des roulettes qu'sur des godasses. M'enfin, toute traîtreuse qu'elle soye, ma Baleine finit par m'manquer. Et puis les p'tits bistrots, aussi...

– À ce propos, Béru, il va vraiment falloir que tu freines sur la picole si tu ne veux pas finir tes jours dans ce fauteuil roulant.

Il oscille de la calebasse en signe de franche approbation :

– Te caille pas la laitance, San-A, j'ai pris des décisions. Déjà, je supprime le muscadet. Les premiers temps, pour m'habituer, j'le commanderai quand même, mais c'est Pinuche qui l'boira. Deuxio, j'me limite à six pastagas par jour : trois par apéro, c'est raisonnable, on peut pas m'demander non plus l'absinthisme total ! Y a qu'le rouquin que j'm'autorise ad libido, le beaujolais surtout, et pis les côtes du Gard que j'raffole particulièrement. Y sont sans danger, vu qu'ils contiennent pas d'purée.

– De la purée ?

– Le truc qui file d'l'acide urine !

– De l'urée ? Tu mélanges tout, fais-je, accablé, mais c'est pas grave, puisque je te vois dans de bonnes dispositions.

Vient enfin le rapport qu'il a rédigé de son écriture primitive sur une interminable feuille enroulée. Des graphiques, des tracés figurent au verso du document.

– J'avais pas de papelard, se justifie-t-il, c'est tout ce que j'ai dégoté dans l'bureau des toubibs.

J'inspecte le document.

– Mais... ce sont les électrocardiogrammes de la journée !

– P't'êt'ben !

Il surplombe sa hure de lunettes rafistolées à traits de sparadrap.

– De prime rabord, j'ai auditionné Tartarovic, çui qu'a goinfré le mortibus. Pas fastoche à interroger, le zigue ! Il cause pas, il marmonne. Jamais d'phrase ! À peine des mots ! Rien qu'des sons. On sait pas dans quel langage il s'esprime. S'lon d'après son dossier, il est yougo d'origine albanaise. En plus qu'il est fêlé du casque, tu mords l'sabir qu'il jaspine !

– Tu aurais dû l'enregistrer.

– J'l'ai fait, sur mon téléphone portable ! Tu m'prends pour un branque ? D'main matin, je confiserai le toutim à notre Amélie nationale. Mais... même a'ec des interpètes, m'étonnerait qu'on apprenne grand-chose. Y avait pourtant un truc qu'il radotait tout l'temps : *cro ! cro !* P't'être qu'il parle un peu françouse, après tout, et qu'il voulait simplement m'dire qu'il avait les crocs ?

– Tu as fait au mieux, Gros. Et concernant l'autre volet de ta mission ?

– Bâché aussi. Je m'ai rancardé sur ceusses du service des monstres, là-haut...

– Le RTT ?

– Exacquète. J't'épargne leur étretat civique complet, mais tout est con et signé sur ce faf, si l'cœur t'en dit d'y j'ter un cil.

– Plus tard. Trace-moi d'abord les grandes lignes.

– Jockey ! Alors, à tout saigné tout honneur, commençons par N'Goma. Un mec bien, à pilori ! Pas l'genre à te taper sur l'ventre, mais qui f'sait son taf consciencieus'ment. Il est arrivé y a trois mois. Avant, il marnait à Necker dans un service de pédérastie… (il se relit)… de pédiatrie, escuze !

– Pourquoi a-t-il changé de crémerie ?

– Bicoze les travaux dans son bâtiment, fermé pour plus d'un an.

– Donc : RAS sur la victime.

– Un Black sans problème. Viendons-en maintenant à Gérard-Maurice Panosse, l'gars de la sécurité.

– Un ancien collègue, je sais.

– Il a été débarqué de son poste de garde du corps par l'nouveau miniss' de l'Intérieur parce qu'il avait pas dénoncé son voisin d'palier, un Tunisien sans papiers.

– Petit cerveau, mais grand cœur ! interprété-je. Ensuite ?

– J'ai pas trop d'infos sur Attila Chaifdézün, le jeune interne hongrois. Il n'est là que d'puis quelques semaines. À esgourder les racontars, il pourrait partager davantage que le burlingue de la patronne.

– Son plumard ?

– Une mauvaise langue m'a affirmé les avoir croisés bras dessus bras dessous sur les Champs.

– Les mauvaises langues sont les meilleures, pour nous autres flics. Elle est mariée, Johana Médéric ?

– Séparée.

– C'est son droit de s'envoyer en l'air avec qui elle veut, puisqu'elle vit seule.

– Sauf qu'elle vit pas seule. Elle élève son fils, un gamin handicapé. C'est pour ça que le père se s'rait cassé et qu'elle se s'rait spécialisée dans les gogols en tout genre. Mais j'ai pas fini a'ec l'Attila. Figure-toi qu'une autre vipère m'a chuchoté qu'il se s'rait disputé a'ec N'Goma pas plus tard qu'hier, à la cafétéria.

– Le motif de cette altercation ?

– Elle en sait rien, mais y paraît que ça aboyait fortissimo !

– Une piste à fureter. Et les deux autres employées du RTT ?

– Rien d'palpitant. Diane Haubin, la fille de l'accueil, vingt et un ans, travaille dans cet hosto d'puis la fin de ses cours Pigier, y a deux piges. C'était son premier job. Elle a commencé au standard général pour finir s'crétaire privative du Pr Médéric.

– Belle promotion.

– On me l'a décrivée comme une gamine pas trop fufute, mais bosseuse et d'confiance. Et puis, un peu chaudasse, c'qui n'gâte rien.

– Quant à la dernière, Karine, l'urgentiste ? activé-je.

– C'est l'infirmière la plus débardée d'diplômes ! Dans l'service depuis plus de trois ans, elle est marida à un Irlandais qui possède un pub près de l'Opéra : le Phil O'Xera. Un bon job, un jules bien thuné, pas d'mouflets : sa vie est un long fleuve tranquille.

Je regimbe.

– Pas d'enfant ? Elle m'a pourtant dit en avoir eu trois.

Une moue, chez Alexandre, se traduit par un plissement hercynien des bajoues, assorti de l'émission d'une bave escargotière aux commissures.

– Bizarre. Pourtant, j'ai pas moissonné ce renseignement par joui-dire. Il figure sur l'enculum vite-fait qu'elle a prodigué à la direction. Peut y avoir eu un lézard...

Je retrouve Nadège, l'infirmière de garde, au chevet d'un patient impatient d'obtenir son comprimé pour la nuit.

Elle lui enfourne une pilule rose dans le bec, lui déverse un demi-litre d'Évian sur le plastron pour aider à la déglutition. Négligeant le grabataire égrotant, elle m'en vient.

– Voui, commissaire ! Je puis vous aider ?

– Ô combien ! Vous êtes la seule personne vaillante à cet étage… à part mon collègue Bérurier.

Les pommettes de la nurse s'illuminent telles des guirlandes devant les grands magasins une nuit de Noël.

– Oh, çui là…

– Il attend votre visite avec impatience.

– D'accord, mais chacun son tour, comme à confesse.

– Peut-être, j'ai cependant deviné qu'il en pinçait pour vous.

– Vous blaguez ?

– Non ! Un vrai coup de foutre !

Ne mesurant pas à l'oreille le distinguo entre le « t » et le « d », elle rosit d'émoi.

– Vous croyez ?

– J'en suis sûr. Sa couverture se soulève sitôt qu'il parle de vous.

– Véridique ?

L'avantage, avec les nunuches, c'est qu'elles gobent tout, par le haut, par le bas.

– Allez vérifier… En ce qui me concerne, j'ai juste besoin d'une information.

Le regard que me décerne la gonzesse pourrait se traduire par « Dommage ! ».

Je précise mon desideratum :

– Je voudrais savoir qui est de permanence, cette nuit, au service RTT.

Un crochet par son bureau et trois clics sur son ordi fournissent le renseignement.

– Attila et Karine, décrète Nadège.

Bonne pioche !

Au sixième étage, je découvre l'interne hongrois assoupi derrière le comptoir de Diane. Comme tous les hommes en incertitude de leur avenir, il s'éveille à l'approche de mon pas, contourne le desk pour venir m'accueillir. Je le pressens dans les transes.

– M'sieur commissaire ! À cette heure ? Il y a problème ?

– Une simple question à vous poser.

Le type avale sa salive de traviole. Je profite de mon avantage :

– Je voudrais savoir pourquoi vous vous êtes querellé, hier, avec N'Goma.

La gars perd pied :

– Quoi veut dire « corellé » ?

– Querellé, ça veut dire bagarré ! Vous comprenez ?

– Compris ! Problème avec infirmier mort ?

– Voilà.

Le jeune toubib s'attrape la tronche à deux mains.

– Ah là là ! On va accuser moi tuer N'Goma !

– Personne n'accuse personne… du moins pour l'instant. Dites-moi pourquoi on vous a entendu vous disputer avec lui.

– J'ai vu N'Goma dans mon casier vestiaire !

– Il volait ?

– Non, l'a rien pris. Mais il… Je connais pas le mot français.

– Il fouillait ?

– Je dire oui ! Chercher quelque chose.

– Un carnet, par exemple ?

– Quoi, carné ? Comprends pas.

C'est chiant, parfois, de ne pas causer couramment le magyar !

– Un petit livre, tenté-je d'expliquer, rouge avec des dessins dorés autour sur la couverture.

– Pour écrire ordonnances ?

– Ou des notes !

– Comme ça même ?

Il sort de sa poche un calepin semblable à tous les autres. Je le lui taxe, le feuillette effrontément. Seule la première page a été utilisée. Y figurent quelques noms, adresses et numéros de téléphone.

– Qui vous a donné ce carnet ?

Tel un Sioux, l'interne campe sur sa réserve.

– Personne m'a donné. Trouvé dans placard où tout le monde peut prendre.

– Qui sont les gens dont vous avez noté les coordonnées ?

– Des amis hongrois de Paris. Eux ils ont papiers, je jure sur la tête de mon vénéré cardinal Péter.

J'enfouille le carnet.

– Je veux bien vous croire, Attila, mais on vérifiera quand même.

Sur mon injonction, il me conduit jusqu'à Karine, laquelle est en train de fournir la portion nocturne de steakpommes frites à Tartarovic : cinq kilos de barbaque et autant de patates. La femme ressort de la cellule provisoire du polyphage, la referme et boucle à triple tour. Elle se retourne, m'aperçoit, soupire :

– Terrible ! me lance-t-elle. Il est tellement vorace qu'il a failli me bouffer les doigts. Vous vouliez me voir, commissaire ?

– Vous parler, plutôt.

– Je vous écoute.

La retenue ne constituant pas mon apanage, je lui pince le gras des hanches :

– Vous m'avez confié devoir ce joli petit pli à trois grossesses.

– Et alors ?

– Alors... votre CV prétend que vous n'avez pas d'enfant.

– Et alors ? insiste la femme en me défiant du regard.

– Alors... je m'interroge, fais-je, mollissant.

Les yeux de Karine s'embuent de larmes furtives.

– Alors ?... Mes trois bébés sont mort-nés. Mais il n'empêche que je les ai portés, que j'en ai accouché et qu'ils sont responsables de ce bourrelet que vous venez de palper.

J'ai déjà pris des pains dans la gueule, précuits par des zigotos qui s'estimaient plus costauds que moi ; encaissé des baffes de la part de fillasses moins putes que je ne les avais supputées ; mais là, je morfle une claque aussi bienvenüe que le Fulgence de la gare Montparnasse.

J'opte pour l'ascenseur afin de gagner la raie-déchaussée. Je te l'ai à peine évoqué, ce lift ultramoderne qui coulisse dans une bulle de plastoche à l'extérieur du bâtiment. Il offre une perspective sur l'avenue du Commandant-Ganachon jusqu'à l'arrêt du bus 72 où nous sommes descendus, dans l'aprème, ma brave femme de mère et mézigue.

Tiens donc ! Cette vue ne tombe pas dans l'oreille d'un sourd, aurait pu écrire Alexandre Dumas en fin de pisse-copie quotidienne.

J'atterris au niveau de la rue lorsque mon portable branligote dans ma poche gauche, là où je remise ma burne la plus volumineuse, je ne t'apprends rien, petite gourgandine.

L'appel émane d'un numéro 09 d'une Livebox Orange.

– Allô, Allô ! susurre une voix si fluette que le photocomposeur n'a pas à sa disposе de caractères assez petiots pour traduire la chétivité de l'intonation.

– Parlez plus fort, je n'entends rien !

– Je ne peux pas...

Je m'obstrue une portugaise pour améliorer l'esgourde de l'autre.

– Qui êtes-vous ?

– Diane.

– Qui ?

– Diane... Diane ! Là, vous m'entendez ?

– OK ! Que se passe-t-il ?

– Au secours !

– Où êtes-vous ?

– Chez moi !

– L'adresse !...

La communication est brusquement coupée.

Retour au sixième, par l'escadrin cette fois. Même la fusée Ariane semblerait limacer face à ma propulsion.

Sur le palier du service RTT, je découvre une Karine pâlotte, portable en main, affichant un air de grande préoccupation.

– Ah, commissaire, je suis soulagée que vous soyez revenu. Je viens de recevoir un étrange texto. Un anonyme me demande de lui restituer un carnet que je lui aurais volé. Il me menace de dire à mon mari que je le trompe, alors que je n'ai jamais été voir ailleurs !

Elle me tend son téléphone :

– Lisez vous-même.

Je glisse l'appareil dans ma poche.

– Plus tard ! Je vais le transmettre au labo. On va analyser tout ça. Là, j'ai du lait sur le feu. Donnez-moi vite l'adresse de Diane !

13

Un jour, j'écrirai une autobiographie de moi-même en personne.

C'est pas pour me vanter, mais je rallie le square Edmond-Goncourt[1] en moins de six minutes, sans griller de feu rouge ni brûler un stop ni emmancher un sens interdit.

Diane pioge au numéro huit, huitième étage, privé des services de m'sieur Otis, tu t'en gaffes. J'halète autant qu'une vache normande en déboulant devant la porte défoncée de la gamine, la seule de l'étage. Je dégaine mon distributeur d'oubli, sachant que mon flingue me servira que pouic, l'auteur du fric-frac

1. Littérateur célèbre sans que personne n'en ait jamais rien su.

ayant eu tout loisir de déguerpir avant ma survenue.

Je m'apprête à presser le commutateur lorsque mes naseaux m'en dissuadent, flairant une odeur malséante. Il faut un pif de pointer (et un paf de pointeur) pour détecter d'une palpitation de narine la présence du gaz de ville.

Dans un deux pièces sur cour, la cuistance est aussi facile à repérer que la salle des pas perdus gare Saint-Lazare. À l'oreille puis à tâtons, je localise la gazinière sifflante, en inverse les manettes jusqu'à ce que le chuintement cesse. Puis j'ouvre en grand le fenestron.

J'agis de même avec la lucarne du living. Une bouffée de vent tiédasse s'engouffre. La nuit ne sera pas sereine, mais plutôt orageuse, contrairement à mes prévisions. N'est pas Cabrol ni Freret qui veut !

Mes yeux s'accoutumant à la pénombre, je repère l'unique porte de la pièce à vivre, donnant sans doute sur une chambre. J'en manipule la poignée. Le pêne résiste.

– Diane ! beuglé-je.

No answer, Votre Honneur !

La Ravissante serait-elle cannée ?

Impossible qu'elle soit déjà asphyxiée. Ce n'est sans doute pas de la fleur d'oxygène, que j'hume, ni de l'azote première pression à froid, mais mon tout constitue un air somme toute respirable.

Alors… aurait-elle été assassinée ?

Voix radiophonique des années cinquante, nasillarde et claironnante :

« Vous le saurez, mes chers lecteurs, dès le chapitre prochain, si vous le voulez bien ! »

14

Si j'avais sa gueule gravée sur mon paillasson, j'irais essuyer mes semelles devant chez le voisin.

C'est pas pour me vanter, mais à côté de la bourrade dont je gratifie la lourde, la charge d'un pack de rugby ressemble à une pichenette d'écolier dans un calot.

La serrure pète, les gonds s'arrachent, mais la porte reste en place, bloquée par un objet aussi volumineux que pesant. Cette résistance me rassure. Seule l'occupante de la pièce a pu se barricader ainsi, empêchant de ce fait l'intrusion du cambrioleur dans la piaule. Je change donc de tactique. Au lieu de brailler, je sélectionne la plus rassurante de mes cordes vocales :

– Diane ? C'est moi, le commissaire San-Antonio. Je suis là. Vous n'avez plus rien à craindre.

Un long silence, de vagues chuchotis, suivis d'un craquement de parquet, puis de l'organe oppressé de la fille :

– Prouvez-moi que c'est bien vous.

– Je vous glisse ma carte…

– Non ! Vous avez pu assommer le commissaire, lui voler ses papiers et imiter sa voix !

La terreur, souvent, mène à la parano. Je gamberge à toute vibure pour me remémorer un détail susceptible de la rassurer. Le truc qui fait mouche me vient d'un coup :

– Vous avez renversé votre vernis à ongles sur le registre. Je suis le seul à savoir ça.

Je perçois son soupir de soulagement.

– Oh, merci… On est sauvées, Vanessa ! Sors de sous le lit et aide-moi à repousser l'armoire.

Sitôt que l'interstice est suffisant pour laisser couler mon body d'athlète olympique, j'achève la remise en place du meuble, puis donne la lumière.

Diane n'est habillée que d'un haut de pyjama dont sa copine se hâte de passer le bas. Ce qui ne masque pas une poitrine certes menue, mais dont la discrétion ne nuit pas à la sensualité.

Autant Diane représente la blonde échevelée et pulpeuse, autant son amie Vanessa figure la brunette sage et longiligne. Quoi rêver de mieux pour un diptyque, un tandem, un duo ou une doublette ?

Mais tss-tss ! Professionnel avant tout, ton Santonio :

– Racontez-moi ce qui s'est passé.

– En principe, on avait prévu d'aller toutes les deux au ciné, puis au McDo, fait Diane. Mais, vu la mort de N'Goma, j'avais pas le goût à sortir.

– On s'est acheté des pizzas, une bonne bouteille de rosé et puis on a dîné ici, poursuit Vanessa.

– Les programmes à la télé étaient chiants, alors on a papoté, reprend Diane, et puis on s'est connectées.

Elle désigne l'ordinateur disposé sur une table tenant lieu itou de coiffeuse-démaquilleuse.

– On tchatchait sur Facebook avec nos amis quand on a entendu la porte d'entrée voler en éclats, comme si elle avait été fracassée à coups de hache. Ma première réaction a été de fermer la chambre à clé.

– C'était horrible, le type démolissait tout, à côté, continue Vanessa, alors on a profité de son vacarme pour tirer l'armoire devant la porte.

– Il était déchaîné, complète Diane, comme s'il se croyait seul dans l'appartement.

– Parce qu'il devait s'y croire seul ! relevé-je. Quelqu'un savait-il que vous deviez aller au cinéma ?

– Non, pourquoi ?

– Réfléchissez bien, Diane ! Vous n'en avez parlé à personne ?

– À personne ! Sauf… à Attila. Ce matin, avant le drame, je lui ai demandé s'il voulait venir avec nous au Grand Rex. Il est plutôt mignon, j'avais dans l'idée de lui présenter Vanessa. Elle vient de se faire larguer par un connard. Moi aussi je suis seule, mais je fricote jamais avec les collègues, c'est un principe.

– Comment a-t-il répondu à votre invitation ?

– Il m'a dit qu'il était pris, mais qu'il serait content de sortir avec nous un autre soir. Partie remise, quoi.

J'opère une inspection minutieuse de la salle de séjour vandalisée. Je remarque que la prise de la Livebox a été déconnectée. Ce qui explique l'interruption brutale du message angoissé de Diane.

Au milieu du fatras des sièges éventrés, des meubles saccagés et des bibelots pulvérisés, je ramasse un carnet rouge relié avec un dos rond et enrichi de gravures dorées. Encore le même que celui cueilli dans la poubelle ! Je le parcours en quatrième vitesse. L'écriture n'est pas la même. Et celui-ci a été trituré, corné, tordu par des mains malveillantes.

– C'est quoi, ça ? demandé-je à Diane.

– Mon calepin. Putain, il a morflé !

– Comment vous l'êtes-vous procuré ?

– À l'hôpital. Y en a plein, et on peut se servir comme on veut. Je l'utilise pour noter mes courses, mes rendez-vous, la date de mes ragnagnas, parce que j'aime pas accepter un dîner que je peux pas honorer.

J'inspecte le document avec une attention accrue.

– Dites-moi… N'G, N'G, qu'on retrouve plusieurs fois, suivi de dates récentes…

N'G, ça ne pourrait pas signifier N'Goma ? Je croyais que vous ne fricotiez pas dans le boulot ?

Pas du genre à renier sa nymphomanie, Diane passe illico aux aveux :

– Juste quelques pots dans un bistro. On n'a jamais baisé, vous pouvez demander à Vanessa. Et puis… je crois que les collègues ont remarqué notre manège, alors on a arrêté les frais.

Au creux de ma citrouille, une évidence prend corps : l'individu qui a dévasté le repaire de Diane n'est autre que le motard à la voiture bleue, le pouilleur de poubelle. Et s'il est venu chambouler les lieux à la recherche du carnet de N'Goma, c'est parce qu'il connaissait la relation ambiguë que la réceptionniste entretenait avec l'infirmier noir, lequel aurait pu lui avoir confié le calepin. Dépité par son échec, il a adressé un texto menaçant à Karine, pensant qu'elle aussi aurait pu s'emparer du carnet.

J'en suis là de mes pérégrinations mentales lorsque des gémissements langoureux s'échappent de la chambre à coucher.

Devant ma stupeur, les deux petites pouffes pouffent de rire.

– Je viens de rebrancher la box, explique Diane, et l'ordi s'est remis en marche. Va l'arrêter, Vanessa, ça pourrait choquer le commissaire.

– Je ne crois pas que vous étiez vraiment sur Facebook, avancé-je, sourire en coin.

Les greluches se gondolent :

– Vous êtes finaud ! me flagorne la brunette. En fait, on était sur Clitenfeu.com, un nouveau réseau.

– C'est pour les filles qui s'ennuient, poursuit la secrétaire médicale. On se caresse en webcam et on sait qu' y a des mecs qui nous matent : ça stimule.

Vanessa se fait chatte, frôlant mon poitrail de ses petits seins tout en pralines et rien en glandes.

– Le problème, c'est qu'on n'a pas pu conclure, déplore-t-elle.

Je n'ai pas le temps de réagir que déjà la môme Diane s'est agenouillée devant moi et que je sens les boutons de mon futal s'égrener tel un chapelet de nonne.

Évidemment que j'ai encore craqué !

Mais je te l'ai déjà dit et répété : va faire un tour au bout du bout de cet ouvrage. Je ne t'y cèlerai rien de mes trépidantes turpitudes.

En attendant, place à l'action !

Ma braguette magique tout juste rajustée, voilà un Béru tout essoufflé qui me sonne sur mon portable.

– Tonio ! Faut qu'tu viennes fissa à l'hosto ! On vient d'am'ner Gémeau, le vigile, dans un état comme-ma-queue ! Y risque d'passer l'alarme à gauche !

Troisième partie

Le Carnet rouge et l'Éléphant gris

15

Faut jamais mettre tous ses nœuds dans le même panier.

On aura beau dire, un couillon dans le coma semble toujours en regain d'intelligence.

Au plein cœur de la nuit, Coën Delaar, chef suprême de l'hosto, s'est déplacé en personne. Son pronostic concernant le vigile du service RTT se veut rassurant :

– Rien de trop grave ! On va l'entretenir dans une somnolence confortable jusqu'à résorption de son hématome crânien. Je ne pense pas qu'il risque de séquelles majeures.

– Ce qui signifie qu'il demeurera normalement demeuré ? apprécié-je.

– Ce garçon n'est pas une lumière, je le concède, mais c'est un brave type et il accomplit correctement son boulot.

– Dis-moi, Laurent, aurais-tu une idée de la manière dont il a été frappé ?

– Plus qu'une idée, un diagnostic : on lui a fracassé une bouteille sur la tête. Les urgentistes ont retiré de multiples éclats de verre du cuir chevelu.

– Une rixe de bar ?

– Non. On l'a retrouvé sur le trottoir, devant chez lui. Il allait faire pisser son chien. Ce sont les aboiements du labrador qui ont alerté des voisins. Mais l'enquête, c'est ton boulot, Antoine. La femme de Gémeau attend avec le clebs à l'entrée des urgences, elle t'en dira plus. Moi, je retourne me pieuter. Demain, à 9 h 30 pétantes, j'opère une prostate gouvernementale. Le plus compliqué, ce n'est pas l'acte chirurgical en soi, mais la manière d'expliquer au ministre qu'il devra désormais compter sur son chauffeur pour niquer les stagiaires.

Sous l'auvent réservé aux ambulances, je retrouve Lucette Panosse, l'épouse de Gémeau. Il s'agit d'une longue bringue peroxydée avec un soupçon de veinules bleuâtres sur le pif et une certitude de couperose aux pommettes. Elle écrase sa cibiche en me voyant rappliquer, siffle son cador occupé à licebroquer contre un brancard, m'accorde un regard gélatineux :

– V'zêtes le commissaire Santantonio ? graillonne-t-elle d'une voix modelée par les anis et les gitanes maïs. Mon mari m'a causé de vous.

– Les nouvelles sont bonnes, madame. Gémeau est un costaud, dans quelques jours il sera sur pied.

– Encore heureux ! Déjà qu'avec lui la vie est pas toujours rose, m'alors toute seule, ça serait carrément galère, vu que mon chômage arrive en fin de droits. (Elle hausse son ton poissard.) Titan ! Pas sur le carrelage ! Y a des pelouses pour ça ! Une vraie vérole, ce clébard ! Y bouffe et y chie, c'est tout ce qu'y sait faire.

– Je pourrais vous poser quelques questions, madame ? hasardé-je.

– C'est d'jà fait ! lance depuis une zone obscure l'organe béruréen.

Le Gravos surgit de l'ombre, livrant bataille à la fermeture Éclair de son fendard. Il s'avance en claudiquant.

– Escuze, je lâchais un fil.

– Tu remarches ! m'extasié-je.

– Chopin-chopine. Les comprimés finissent par faire leur taf !

Il dépose en ahanant son fessier sur un banc.

– J'peux pas encore danser le french concon, mais y a du mieux. N'en t'attendant, j'ai eu le temps d'interroger la femme à Gémeau ici présente. Les fesses sont troublantes. Elle et son julot venaient de se couler dans les torchons après z'avoir regardé un film de karaté sur la dynamite...

– Quelle dynamite ?

– Ben, la TNT, chipote pas ! V'là que le téléphone sonne à c't'heure induse. Lucette décroche bicoze le turlu est de son côté. Une voix de femme lu d'mande si son mari est là. Elle répond voui. Passez-le-moi, j'sus sa patronne...

– Johana Médéric ?

– S'lon toute invraisemblance.

Je m'approche de la maîtresse de (ou plutôt à) Titan, laquelle vient d'embraser une nouvelle tige qu'elle toussote déjà.

– Madame Panosse, avez-vous reconnu la voix de la patronne de votre mari ?

– Moi non, j'la connais que de visu, la toubib, pas de parlu. Mais Gérard, lui, il a pas eu de doute.

Spolié par mon intervention, Béru reprend la parole :

– Laisse-moi dire ! se courrouce-t-il. J'ai posé les mêmes questions et obtiendu les mêmes réponses.

Je mouille les pouces.

– Excuse-moi, Gros, je t'écoute.

– Bien. L'interlocuteuse a d'mandé à Gémeau s'il aurait pas un carnet rouge. Lui, il a répondu voui. Elle lui a alors commandé de lui rend' sur-le-champ, dans la minute, au bas d'son immeub'. Le zigue était z'interlopé, selonce son épouse.

Au risque de froisser l'Immonde, je ne puis m'empêcher d'interpeller Lucette qui s'égosille après son corniaud lancé à la poursuite d'une chatte en maraude.

– Chère madame, comment a réagi votre mari ?

– Ben… il comprenait pas trop, et pis il était pas chaud-chaud pour se relever, mais, par ailleurs, il tient pas à perdre son boulot. Alors il s'est rhabillé, il a été chercher le carnet et il a passé la laisse à Titan. Tant qu'à faire de se relever, autant en profiter pour sortir le clebs qu'a tendance à se soulager la nuit sur notre descente de lit.

– Le carnet en question, vous le connaissiez, vous l'aviez déjà vu ?

Rugissement de Béru :

– Tu pourrais m'laisser z'effectuer mon rapport, oui ou merde ?

– Pardon, Gravos, d'avoir empiété sur tes plantes grasses ! Je t'écoute.

– S'agisse d'un calepin pareillement identique à tous les autres, rouge a'ec des floritures dorées. Gémeau l'avait trouvé dans un placard du service RTT. Il s'en servait pour noter les résultats du PSG dont il fait partie du Kop de Boulogne.

Même si une platée de mou de veau a remplacé ton bulbe rachidien, tu piges bien que l'assassin de N'Goma et ses éventuels complices se sont une nouvelle fois fourvoyés en attaquant Gémeau.

Béru propose à Lucette de venir dormir dans sa chambre d'hôpital par mesure de sécurité. Avec les z'agresseurs de son mari, on sait jamais ce dont-est-ce qu'ils sont capables. Quant au labrador mâtiné caniche nain ? Pas de souci, il dormira dans la salle de bains, et même s'il bédole partout, Alexandre, grand seigneur, prendra les étrons[1] à sa charge. Ses infirmières sont habituées à pire.

Au creux de l'oreille, Béru me confie que Nadège, la garde dont il escomptait la visite nocturne, s'est récusée, suite à une impétueuse poussée d'émeraudes autour de la bagouse (*sic*). Te dire si dame Panosse risque de se faire démanteler la tuyère dans un proche avenir !

Toute ma bidoche aspire à quelques heures de repos. Pourtant, comment ne pas rendre une visite impromptue à Johana Médéric qui semble avoir tendu un guet-apens à son homme de sécurité.

Quoi ? Qu'est-ce que tu me bassines avec l'heure légale ! Regarde ta montre : il est déjà cinq heures, embrassons-nous tendrement...

Le temps d'avaler un caoua et deux croissants dans un troquet non stop et je serai à pied d'œuvre.

Tu vas voir que le cauchemar est loin d'être achevé...

---

1. À propos d'É. Tron, dommage que Georges Tron ne se soit pas prénommé Émile.

16

Quand Didier Deschamps ne sera plus à Marseille, il sera au pavillon de Breteuil.

On aura beau dire, une baraque à Sèvres, c'est quand même plus cosy qu'un F2 à Sarcelles, même et surtout attribué par un édile en échange d'un versement en liquide – cinq millilitres dans les bons jours.

Niché sur les hauts de l'avenue Hector-Isidore-Parmentier[1], la demeure du Pr Médéric domine la Seine. Le jour tarde à poindre car une vilaine crème cachou et violette s'amasse dans le ciel aux environs du levant. J'observe que le portillon donnant sur un jardinet mangé de roses trémières est entrouvert. La

1. L'illustrissime H. I. Parmentier.

porte d'entrée, surmontée d'une antique marquise, bâille également. Cela ne me dit rien qui vaut, dirait Béru, lequel cloche autant du subjonctif que sur ses paturons endoloris.

Une fois encore, je dégage mon calibre de son étui avant de m'aventurer dans la crèche dont les pièces de plain-pied sont éclairées.

Le pavetard a été conçu par un architecte lambda de l'entre-deux-guerres. Il se compose d'une entrée, prolongée d'un couloir desservant à gauche le salon, puis la descente à la cave et l'escalier menant à l'étage ; à droite, de la salle à manger, suivie de la cuisine nantie de trois marches accédant en contrebas à une courette agrémentée d'un appentis.

À ce premier niveau, je constate que là aussi tout a été chambardé. Dans un bric-à-brac de bouquins délogés d'une bibliothèque, je dégote l'inévitable carnet rouge et doré. Je le feuillette. Il sert de cahier d'écriture. Une main assurée y a rédigé des phrases du genre *Pierre est l'ami de Jean* que des doigts moins habiles ont recopiées plusieurs fois en tentant à chaque essai d'améliorer la calligraphie.

Décidément, le calepin que je détiens attise une redoutable convoitise !

Les pensées se succèdent dans ma calbombe en un véritable tournis. Je t'en livre une synthèse à chaud : si le logis de Johana Médéric a fait l'objet d'une fouille systématique à la recherche du fameux carnet, ce n'est sans doute pas elle qui a tendu un piège à son vigile. Je sais Gémeau suffisamment nigaud pour être tombé dans le panneau le plus grossièrement tendu.

Reprenons dans l'ordre : l'assassin de N'Goma s'est emparé de la poubelle dans laquelle j'ai ramassé le calepin. N'y ayant pas trouvé ce qu'il cherchait, il est allé farfouiller chez Diane, puis il a menacé Karine, s'en est pris ensuite au vigile avant de ravager le pavillon de la doctoresse. Qui aurait pour l'instant été épargné ? Une seule personne du service RTT : Attila ! J'ai cependant du mal à imaginer l'interne hongrois impliqué dans cette affaire. C'est un brillant scientifique, il n'a intégré que fraîchement l'équipe, et il pète de trouille à l'idée d'être renvoyé dans son pays.

Alors ? Une conclusion provisoire s'impose : le meurtrier doit être le propriétaire du carnet que je détiens, donc l'auteur des notes qu'il comporte.

Un craquement à l'étage ravive mon qui-vive. Je me plaque le long de l'escalier. Un pas pesant résonne sur le palier.

– C'est toi, maman ? lance une voix basse et caverneuse.

On la croirait modulée dans un entonnoir, ou bien surgie du gouffre de Padirac.

– Non, non ! répliqué-je. Mais ne vous inquiétez pas…

Nouveaux crissements et gémissements du parquet sous le poids d'une démarche balourde. J'entends une porte claquer, une serrure verrouillée à double tour. Je bondis. Deux chambres à l'étage, sens dessus dessous, mais vides. Plus une salle de bains tout aussi désertée. Une penderie jouxte la cabine de douche. Je tente d'en écarter la porte, mais le battant résiste. Je prête l'oreille, perçois un souffle rauque, dense, presque palpable.

– Pas de panique ! fais-je. Je suis le commissaire San-Antonio.

– La police ? grommelle la voix d'outre-caverne.

– Quelqu'un est venu fouiller ici, n'est-ce pas ?

– Oui.

– Vous avez vu qui ?

– Non.

– Vous êtes resté caché ?

– Oui.

– Ouvrez-moi, je vous en prie.

– Je veux pas qu'on me voie.

– S'il vous plaît, évitez-moi d'avoir à défoncer la porte.

Derrière la cloison, les halètements s'intensifient :

– Maman va bien ?

– Je... j'espère, mais il faut qu'on en parle.

Le verrou cliquette, l'huis s'évase lentement, une silhouette se dessine. Si mes yeux s'accommodent à la pénombre, ils s'accoutument moins bien au spectacle qui s'offre à eux.

Je me retrouve face à l'individu le plus abominable auquel j'aie jamais été confronté. S'agit-il d'un enfant ou d'un adolescent ?

Cet être de faible taille possède une tête gigantesque, déformée, boursouflée d'excroissances brunâtres évoquant un chou-fleur. Sa lèvre supérieure rejoint le nez pour se transformer en une espèce de trompe tronquée.

Elephant Man !

Je rameute tout le contrôle de mon self pour réprimer un mouvement de recul.

– Ne crains rien, mon garçon. Comment t'appelles-tu ?

– Lambert.

Je lui ouvre mes bras :

– Viens, Lambert, n'aie pas peur.

– C'est pas vous qu'avez peur ?

– Et pourquoi donc ?

Surmontant ma répulsion, je le serre contre moi. Il éclate en sanglots. Et moi, tu penses que je reste à sec ?

17

Je préférerais être proctologue plutôt que de jouer au curling.

On aura beau dire, mon brave, le Bon Dieu devrait pas permettre des choses comme ça !

J'ai préparé un chocolat chaud à la « chose » en question. Elle se régale, la « chose ». Les traînées de cacao ne se remarquent pas entre les plis de sa peau pachydermique.

– C'est bon ? questionné-je.

– Excellent. Merci, monsieur.

– Attends ! Moi aussi, j'avais la dalle. On se régale ensemble.

– À part maman, personne a jamais voulu manger avec moi.

– Parce que ces gens ne te connaissent pas.

– Vous me connaissiez pas non plus.

– Maintenant, on est presque des amis ! Je sais que tu es un garçon sympa... mais que tu as un vrai problème physique, je ne vais pas te raconter d'histoires. Je pense aussi que ta maman t'élève du mieux qu'elle peut.

Elephant Man hausse ses épaules difformes :

– Elle gâche sa vie pour moi.

– Une mère ne gâche jamais sa vie pour ses enfants, elle la leur consacre.

– Elle essaie de m'apprendre à écrire... ! Je connais les lettres, je connais les mots, je connais beaucoup de vocabulaire, je connais à peu près la grammaire... Mais mes grosses pattes feront jamais des mains !

– J'ai vu ton carnet d'écriture. Tu progresses.

Il esquisse ce qui se voudrait un sourire :

– Merci.

Je profite de cette embellie pour poser la question qui me tracasse :

– À propos de ta maman, tu sais où elle a passé la nuit ?

– Bien sûr, elle me cache rien. Elle était avec son copain.

– Attila ?

– Je connais pas son nom. Vous le connaissez ?

– Je l'ai déjà rencontré. Tu en penses quoi, toi ?

– Il est correct, c'est aussi un docteur. Il a dit qu'il cherchait des traitements pour moi.

– Tu n'es pas jaloux de sa relation avec ta mère ?

– Pourquoi ? Maman aime bien sortir avec lui. Il l'emmène au restaurant alors qu'elle peut jamais y aller avec moi : les clients s'en vont, alors les patrons ils veulent pas. Mon papa il a fait pareil. Quand il m'a vu, il s'est sauvé. Maman m'a dit qu'il était mort, depuis. C'est bien fait. J'aurai aimé que toi, par exemple, tu sois mon père.

– On ne peut jamais revenir en arrière, Lambert, mais il faut aller de l'avant, et je te jure que tu vas gagner beaucoup de terrain !

Un bruit de moteur ralentissant me pousse vers le jardinet. Un taxi vient de s'arrêter devant le pavillon. Un homme et une femme en descendent. L'homme embrasse la femme et remonte dans le véhicule qui redémarre.

Johana sursaute en me découvrant assis sous la marquise.

– Commissaire ! (Elle s'affole.) Il est arrivé malheur à Lambert ?

– Votre fils se porte comme un charme, mais votre maison a été cambriolée.

– Oh non ! Ils ont pris quoi ?

– Rien, me semble-t-il. Je crois que le visiteur cherchait un carnet comme celui-ci. (Je lui montre l'exemplaire gribouillé par son gamin.) C'est le cahier d'écriture de Lambert, n'est-ce pas ?

– En effet.

– Vous en connaissez d'identiques ?

– Bien sûr. Quand j'ai débarqué au RTT, j'ai découvert une pile de ces calepins dans un placard. Je les ai distribués à ceux de mon service, au fur et à mesure de leurs besoins. Je crois qu'il en reste encore.

Elle marque un temps avant de reprendre d'un ton empreint de lassitude :

– Vous avez donc rencontré mon fils.

– On a même fait copain-copain.

– Il est pourtant méfiant. Vous avez su l'amadouer.

– J'ai simplement su le regarder en face.

– Vous n'avez pas été trop choqué ?

– Vous dire que je n'ai pas eu une poussée d'adrénaline en le voyant serait mentir. Mais, dans nos métiers, le vôtre plus encore que le mien, on est souvent confronté à des personnages et à des situations bizarres. L'infirmité de votre garçon vous a sans doute déterminée à choisir la tératologie humaine ?

– Évidemment. J'achevais mes études de médecine et je partageais un deux pièces avec l'un de mes condisciples. Je ne voulais pas d'enfant. Seulement, même les toubibs se laissent piéger, un soir festif un peu trop arrosé. Sitôt qu'il a aperçu Lambert, mon coloc s'est empressé d'opter pour un poste minable dans un dispensaire de la Réunion.

– Votre gamin m'a confié qu'il était mort.

– C'est la légende que j'entretiens. En fait, je n'en sais rien, je n'ai jamais plus eu de nouvelles de lui, ni tenté d'en avoir. La lâcheté est l'une des pires failles du genre humain.

– Du genre masculin, surtout ! rectifié-je. Mais, pfft… je ne juge pas ce père absent, car je suis incapable d'affirmer que je me serais comporté différemment, à son âge, dans cette situation.

– C'est courageux d'au moins le reconnaître.

– Vous m'avez dit que vous ne souhaitiez pas avoir d'enfant. Pourquoi ? Dans l'intérêt de vos études ?

Johana se décide à s'asseoir sur les marches à mon côté.

– Pas seulement. Avez-vous entendu parler de John Merrick ?

– Ce nom me dit quelque chose…

– Elephant Man !

Je percute enfin. J'espère que tu as été plus prompt que moi, sinon on va passer pour des ignares, les deux !

– Évidemment. C'est de lui que s'est inspiré David Lynch pour son film.

– Huit fois nommé aux oscars, aucune récompense : il y a des sujets qui fâchent.

– Lambert, à l'évidence, est atteint de la même affection, non ?

– Il s'agit en effet d'un type extrême de kératinisation des cellules de l'épiderme et des phanères.

– Phanères ? Je ne connais pas le mot, avoué-je humblement.

– Pour faire simple, il s'agit de la production des poils, des ongles, des dents.

– Et le système se dérègle ?

– Sans qu'on sache pourquoi.

– Votre fils souffre donc de la maladie d'Elephant Man. Combien de chances sur mille ou sur un million pour qu'un individu en soit atteint ?

Johana expire longuement l'air de sa cage thoracique.

– Le hasard n'est pas seul en cause !

– Que voulez-vous dire ?

– John Merrick, naturellement, n'a jamais procréé. Mais son père biologique, Joseph, s'est remarié et a eu plusieurs enfants.

– Et alors ?

– L'un de ses fils étaient mon arrière-arrière-grand-père. Il aurait beaucoup souffert de la réputation monstrueuse de son demi-frère qu'un individu sans vergogne a promené à travers toutes les villes d'Angleterre pendant deux décennies pour s'enrichir, avant que le professeur Trèves, un médecin humaniste, finisse par lui faire intégrer l'hôpital Carr où il a terminé sa misérable existence à l'âge de vingt-huit ans.

– Votre aïeul a voulu échapper à cette sordide notoriété, je présume ?

– Adolescent, il a quitté la banlieue de Londres pour venir s'établir en France où il a obtenu que le nom de Merrick devienne Médéric.

Sans me prendre pour Darwin, j'ai depuis belle lurette ma petite idée de beauf sur la génétique. Je n'en demeure pas moins interdit.

– Vous pensez vraiment qu'un siècle et demi plus tard, l'hérédité puisse encore frapper ?

– Hélas, oui. Les erreurs de la nature peuvent être masquées durant plusieurs générations, puis resurgir au détour d'un ADN.

Sans transition, je passe à un autre sujet moins douloureux, plus délicat peut-être.

– D'où arrivez-vous, docteur, à cette heure matinale ?

– Suis-je obligée de répondre ?

– Inutile. Vous avez passé la soirée et la nuit avec Attila Chaifdézün, votre assistant hongrois.

– Comment le savez-vous ? s'étonne-t-elle.

– Parce que c'est mon métier. Vous avez donc un alibi. Encore que le témoignage d'un amant…

– Pourquoi aurais-je besoin d'un alibi ? se rebiffe la femme.

– Gémeau, votre vigile, a été agressé cette nuit en bas de chez lui.

– C'est bien regrettable, mais en quoi cela me concerne ?

– Il a dit à sa femme que vous lui aviez fixé rendez-vous au pied de son immeuble.

– Soit il affabule, soit on l'a abusé.

– C'est aussi mon avis. La ficelle me semblait un peu grosse. Mais revenons-en à votre… collègue Attila. J'imagine que c'est lui qui vient de vous raccompagner en taxi ?

– En effet. Et j'apprécie sa courtoisie.

– Il ne possède pas de voiture ?

– Si, une petite Dacia immatriculée en Hongrie, mais on la lui a volée hier devant chez lui.

Tu ne réagirais pas, técolle ?
– De quelle couleur, ce véhicule ?
– Bleue, pourquoi ?

18

L'avantage de devenir sourd,
c'est qu'on n'entend plus les conneries
des autres tout en continuant
soi-même à en débiter.

On aura beau dire, le matin va bien aux berges de la Seine, l'été, quand une brume tiède s'y promène.

Alors que je grimpe l'escadrin conduisant à mon bureau, une musiquette cul-d'ail s'évade de ma poche. Je ne reconnais pas la sonnerie de mon portable, sobre et discrète. À me farfouiller, je finis par débusquer un autre mobile dont j'avais occulté l'existence. À tout hasard je réponds :

– J'écoute.

– Commissaire San-Antonio ? fait une voix mal assurée.

– Lui-même.

– Ici Karine O'Xerox, l'infirmière. C'est vous qui avez mon téléphone, hein ? Forcément, puisque vous me répondez dessus…

Oh, merde ! C'est vrai que je le lui ai taxé, cette nuit, suite au SMS de menace qu'elle avait reçu. Et puis, je l'ai complètement oublié.

Pas question de perdre la face :

– Exact ! On est en train de le traiter.

– Oui, mais c'est que j'en ai besoin, moi. Enfin, je bosse pas ce matin, mais je reprends en fin de journée. Je voudrais savoir si…

– Je vous le restituerai dans la matinée, promis. Où habitez-vous ?

– 6, rue du Santenay, à l'Opéra, audessus du pub de mon mari.

– Comptez sur moi, Karine.

Je raccroche et bondis jusqu'à mon antre où je tombe sur ma belle-fille. Moins malaimable qu'à l'ordinaire, elle m'offre un Nespresso fumant tiré de la bécane du burlingue et un croissant encore chaud de la boulangerie voisine.

– On a déterminé la provenance des carnets rouges à dorures, dit-elle. Ils ont été façonnés dans une imprimerie de Pau.

À l'origine, il s'agissait d'une commande de missels. Avec les chutes de papier et de carte de couverture, la société a fabriqué ces petits calepins qu'elle a fourgués à un grossiste de Lourdes.

– De Lourdes ? Tiens donc !

Tout en rassasiant ma ventrèche, je tends le mobile de l'infirmière à Amélie, lui résume le contexte, qu'elle assimile plus vite que toi les numéros du Loto qui t'ont fait paumer le peu que tu avais réussi à mettre de côté.

– Vous voulez savoir qui lui a expédié le texto menaçant ?

– Si possible.

– Tout est possible en ce domaine, vous devriez commencer à le savoir ! me mouche-t-elle.

Quand la moutarde et les abeilles me montent aux naseaux, l'éruption est proche :

– Dis-moi, Amélie, t'aurais pas vu débarquer les engliches, tout récemment ?

– Pas du tout, pourquoi ?

– À cause de ta mauvaise humeur.

– Ma mauvaise humeur, elle est due au fait que VOTRE petite-fille nous empêche de dormir !

Je rameute ma sagesse. Si j'ai réussi à m'entendre avec Lambert, je devrais pouvoir domestiquer ma belle-fille, non ?

– Excuse-moi, Amélie. Je n'ai pas dormi non plus et je suis un incorrigible ronchon. Je te demande pardon. J'ai tort sur tout...

Tu la verrais déliquescer :

– Non, mais j'ai pas dit ça, patron... enfin, papa...

En deux coups de cuillère à mots, je lui raconte ma nuit, ma rencontre avec Elephant Man. Elle se rend corps z'et larmes :

– C'est effrayant ! Je suis navrée... Je vais m'occuper immédiatement du téléphone et de son texto.

– J'aimerais aussi que tu te renseignes sur une Dacia bleue immatriculée en Hongrie. Elle aurait été volée dans la journée d'hier à son proprio, l'Attila du RTT que tu as déjà rencontré. J'aimerais savoir si la bagnole lui appartient bien, s'il a déclaré le vol...

– Je fais le nécessaire, patr... papa ! Excusez-moi encore...

– Tu veux que je dise une chose que je t'ai jamais dite ?

Elle se masque sous la rigolade :

– Je m'attends à tout.

– Même au pire ?

– Surtout !

– Eh bien voilà : je t'aime, ma fille. Mais je ne le répéterai jamais devant témoin.

La porte s'ouvre en coup de vent sur Toinet qui nous avise face à face.

– Ah non ! Vous n'allez pas encore vous chicaner ! proteste-t-il.

Notre double éclat de rire lui cloue le bec. Finaud, il évite toute glose et préfère embrayer sur un rapport circonstancié :

– On peut dire que ça bouge, p'pa. Le cuisiniste dont les coordonnées et les cotations étaient notées sur le carnet rouge a retrouvé la facture correspondant à ce travail. La liaison avec l'hôpital a été déterminante. Il s'est souvenu d'un infirmier qui l'avait engagé.

– Un infirmier ?

– Un certain Gilles Croninck. L'artisan a commencé les travaux, il a été payé pour la partie d'ouvrage accomplie, mais, subitement, il n'a plus eu de nouvelles de son client. Alors il a arrêté le boulot.

– Le chantier en question se trouve où ?

– À deux pas d'ici, rue du Lieutenant-Colonel-Violassé. Je viens de visiter les lieux. L'appartement n'a jamais été occupé. Le type a disparu en laissant une adresse, mais aucune trace.

– Pas la moindre piste ?

– Bien sûr que si, se gausse mon lardon. J'ai découvert qu'il a travaillé au CHU Dizenterios Pzoriazis, au service RTT pour être précis. Il occupait le poste que N'goma a repris.

– Intéressant.

– J'ai épluché les anciens registres...

– Et l'écriture sur le calepin est bien la sienne, non ?

– Sans aucun doute possible, p'pa !

– Parfait ! On avance.

On avance... On avance ? T'aurais pas occulté un petit détail de l'histoire, San-A ? Réfléchis ! Réfléchis !

Je me turlupine, me tords la pine.

– Comment s'appelle-t-il déjà, cet infirmier ? questionné-je.

En soupirant, ma belle-fille reprend les notes de son époux :

– Gilles Croninck.

– Croninck ?

Au risque de paraître gaga, je me prends à répéter :

– Croninck... Cronin... Cron... Cro... Cro... Cro...

Ma bru fronce les sourcils. En dépit de notre mutuelle allégeance, je la devine toujours prête à me rentrer dans le lard.

– Cro, cro, ça veut dire quoi, cro cro ? questionne-t-elle.

– Rien de précis. Juste des syllabes ânonnées par Tartarovic. Ne faisait-il pas allusion à cet infirmier qu'il aurait particulièrement apprécié ?

– Pas bête ! souligne Toinet. Je vais demander à Béru de réitérer son interrogatoire du polyphage pour préciser ce point.

– Excellent. En attendant, compose-moi le numéro du taxi de Lourdes qui figurait aussi sur le calepin de Croninck.

La vivacité de mon garnement n'est plus à éprouver. Il pianote *allegretto* sur son clavier, m'indique que le correspondant est en ligne.

– Taxis Merlot, j'écoute ?

– Bonjour, madame Merlot, entamé-je.

– Merlot, c'est mon mari, corrige la femme. Moi, je suis une fille Malbec.

– Malbec, Merlot, des petits cépages qui sentent bon le cru d'bourgeoise.

– Encore vous, m'sieur Baffie ?

– T'as du flair pour une godiche ! Je suis en compagnie d'un de tes clients, Gilles Croninck.

La bonne femme réagit au millième de tour :

– Bien sûr ! Et moi je suis avec la cousine du pape !

– Tu veux lui parler ? Je te le passe.

– À d'autres, m'sieur Baffie ! Je sais que c'est encore une vanne.

Je persiste à jouer le jeu :

– Merde, alors ! T'es moins connasse que ton mari me l'avait dit.

– Il avait dit quoi, l'autre con ?

– Je sais pas, moi, que tu suçais mal, que ta copine Ghislaine le pompait mieux...

– J'ai pas de copine Ghislaine...

– T'en as sûrement une autre aussi salope que toi, non ?

– Et même plusieurs !

– Tu me donneras leurs adresses, hors antenne. Comment t'as su que je n'étais pas avec ton pote Croninck, ma cochonne ?

– C'te bonne blague ! Parce que mon mari vient de le charger y a dix minutes à l'aéroport des Pyrénées pour le conduire à son hôtel à Lourdes. Avouez que je vous ai bien eu ! J'espère que je l'ai gagnée, ma cure en thalasso !

– Non, mais j'ai un plus beau cadeau encore. Est-ce que tu es fan de Christian Morin ?

19

Les gens pressés gagnent du temps mais perdent leur vie.

On aura beau dire, Pinuche sera toujours Pinuche.

Le brigadier Poilala vient de l'installer dans son fauteuil voltaire, de l'aider à enflammer son mégot et de disposer sur ses genoux grêles un cendrier que ses doigts malhabiles rateront toujours.

Par acquit de conscience et pour sacrifier à la tradition, je résume patiemment à l'Ancêtre les événements des heures écoulées. Histoire de montrer que son cerveau poreux parvient à retenir quelques informations, la Vieillasse émet des commentaires souvent oiseux, mais au travers desquels on peut cahin-caha glaner un brin de lucidité. Parfois une fulgurance.

– Quand je suis devenu riche, t'en souviens-tu, attaque-t-il, je collectionnais les tableaux de maître. Tu te rappelles, mon petit ?

– Bien sûr, concédé-je. Tu avais acheté un Desclez, un Zannoni et un Pierrick Allemand sur lesquels tu as honteusement spéculé et réalisé d'énormes plus-values à la revente.

– Malheureusement, j'ai tout reperdu en bourse.

– Et alors ? Tu voulais me dire quoi, à ce propos ?

– Quel propos ?

– Les tableaux, la peinture…

– Ah oui, ça me revient. Sur le carnet rouge que tu as trouvé dans une poubelle, je crois, il y avait des noms de peintres. Peux-tu me les rappeler ?

Je ravive ses neurones en lui fichant la page concernée sous le nez après avoir assujetti dessus ses lorgnons :

– Voilà :

Véronèse †
Van Gogh
Klein †
Picasso †

Il hoche à pusieurs reprises son vieux bonnet décharné :

– C'est Klein, qui m'a ouvert les yeux.

– De quelle manière ?

– Pour moi, ce garçon n'avait pas beaucoup de talent, à part en judo peut-être. Mais il est devenu célèbre par une couleur…

– Le bleu !

– Exact. Quant à Véronèse…

– Il est réputé pour son vert incomparable ! jubilé-je. Tu es génial, César ! Les noms de peintres feraient référence à des couleurs. Klein, le bleu ; Véronèse, le vert. Quant à Picasso… le bleu étant déjà squatté par Klein… disons… le rose, la période rose ! Mais Van Gogh ? Là, je bute : il n'est pas réputé pour une couleur particulière…

Pinaud pompe à vide sa clope éteinte, me sourit malicieusement :

– À ton avis, c'est de quelle couleur, les tournesols ?

20

J'ai trop d'imagination
pour raconter la réalité.

On aura beau dire, je ne connais rien de plus lugubre qu'un pub de nuit le jour.

Une lumière blafarde, les chaises sur les tables, des tonnelets de bière empilés vers l'entrée, des cageots de légumes tristes contre la porte de la cuistance, et cette odeur de sueur et de rot aigre qui flotte dans le bistro.

Philip O'Xerox arbore une tignasse rousse et un sourire jovial conformes l'une et l'autre à ses racines irlandaises. Il a le teint blafard, la mine battue et l'œil cerné de ceux dont l'empire renaît au coucher du soleil.

Il me tend une pinte de Guiness fraîchement tirée d'un bec doré. Je la récuse, il se l'approprie et se met à la lichetroner à larges lampées.

– J'ai prévenu ma femme, commissaire, fait-il d'une voix mal éclaircie, à peine marquée d'un léger accent anglo-saxon. Elle descend dans cinq minutes. Vous auriez peut-être préféré un café ?

– Non, non, c'est bon. J'imagine que vous avez connu Croninck ?

– Ce pauvre Gilles ? Forcément. C'était un collègue de ma femme. Il venait prendre un pot de temps en temps, quand il n'était pas de garde.

– Pourquoi l'appelez-vous « ce pauvre Gilles » ? relevé-je.

L'Irish confit fait la moue.

– Parce que je crois qu'il est mort.

– Comment ça, vous croyez ? On est mort ou on ne l'est pas !

– En fait, personne ne sait vraiment. Il s'apprêtait à emménager dans un chouette appartement, et il s'est brusquement volatilisé.

– C'était il y a trois mois, je présume, juste avant que N'Goma le remplace.

– Dans ces eaux-là, oui.

– Vous avez alerté la police ?

– Il n'y avait aucune raison. Il a envoyé une lettre de démission à la direction en disant qu'il avait trouvé un nouveau job dans le Sud.

– Qu'est-ce qui vous alarme à son sujet ?

– Son état dépressif. C'était un solitaire jamais joyeux. Même quand il acceptait de boire un coup, il restait triste, prostré. J'ai souvent dit à Karine : un jour ou l'autre, Gilles, il va faire une bêtise ! Moi, je pense qu'il s'est jeté dans la Seine.

– On aurait retrouvé le corps.

– Pas sûr. Ou alors il est allé se perdre en mer. Ou bien il a pris des barbituriques au fin fond d'un éboulis de montagne… Pour moi, il a mal fini.

Le bistroquet achève sa binoche, passe derrière le long comptoir, rince sa chope.

– Encore une que Karine ne saura pas ! ricane-t-il. Elle me fait la guerre sur la picole. Je peux pas lui donner tort, mais qu'est-ce que vous voulez, dans mon bizness, faut être en béton pour pas virer alcoolo !

Je me lève, vais m'accouder face à lui de l'autre côté du zinc.

– Dans votre bizness, comme vous dites, on doit bien gagner sa croûte, non ?

Méfiant comme tous les commerçants devant un représentant de l'autorité, le gars reste évasif.

– On a des frais, quand même. Mais enfin, on se plaint pas trop…

– Je me demande pourquoi votre épouse continue son boulot d'infirmière, surtout dans un service aussi débilitant. Elle ne doit pas toucher des mille et des cents et vous avez largement de quoi subvenir à ses besoins.

– Puis-je répondre moi-même ? dit une voix dans mon dos.

Karine vient d'arriver, drapée dans un peignoir en éponge comme ceux que les hôtels de luxe mettent à disposition des clients moins ringards que toi.

– J'écoute, madame.

– Je continue à bosser parce que j'aime mon métier. Vous pouvez imaginer la détresse que nous avons connue en perdant nos trois bébés dès leur naissance. À l'hôpital, je me sens utile. Moins inutile, en tout cas, que si je servais des pintes à longueur de soirée à des poivrots en goguette.

Philip plonge le naze dans son bac à vaisselle.

– Bon, moi je vais aller ranger les livraisons dans la chambre froide, ça avancera toujours le cuistot pour sa mise en place.

Je restitue son mobile à la femme :

– Tenez, Karine : chose promise, chose due.

– Merci. J'espère que mon téléphone vous aura été utile.

– Au plus haut point. Grâce à lui, nous avons identifié l'auteur du message menaçant que vous avez reçu.

– On peut savoir qui ?

– Désolé ! À ce stade, je n'ai pas le droit de communiquer mes informations. Mais rassurez-vous, l'enquête suit son cours.

– Je comprends, excusez-moi.

– Dites-moi, hier soir, vous étiez de garde avec Attila au service RTT. Jusqu'à quelle heure ?

– Six heures du matin.

– Et vous ne vous êtes pas quittés de la nuit ?

L'urgentiste se renfrogne :

– Essayez-vous de me faire dire qu'il y aurait quelque chose entre ce garçon et moi ?

– Ne prenez pas tout de travers. Je veux simplement savoir si l'un et l'autre vous êtes bien restés à votre poste jusqu'au petit matin.

– Évidemment, pourquoi ?

– Qui vous a remplacés en fin de garde ?

– Rosalyne et Philibert, des Antillais de l'unité centrale qui nous relaient souvent. Ils sont sympas et compétents. Ils assurent la permanence jusqu'à l'arrivée de l'équipe de jour, deux heures plus tard. Mais rien n'est réglé comme du papier à musique ; on assure tous notre tâche au mieux des intérêts du service, sans compter nos heures.

– Je n'en doute pas, je sais le personnel hospitalier dévoué à sa mission. Mais là, j'aimerais qu'on évoque plutôt vos patients.

– Sujet sensible, soupire Karine. Le Pr Médéric est plus habilitée que moi à en parler.

– Mais elle a moins d'ancienneté que vous au RTT.

– Vous faites erreur : c'est elle qui a créé ce secteur spécifiquement dédié aux anomalies orphelines. Du temps du Pr Schmenthol, le département était plus vaste et nous accueillions près d'une vingtaine de patients.

– Des... anormaux, déjà ?

– Oui, mais pas des cas aussi exceptionnels que ceux d'aujourd'hui. Nous traitions des affections parfois lourdes, mais plus courantes : la trisomie, l'autisme, la schizophrénie...

– Ces malades ont été transférés ailleurs ?

– À la Piété-Salfoutrière où notre ancien patron a ouvert un service pilote qui donne entière satisfaction.

– Vous, Karine, vous avez préféré rester avec Médéric qui se recentrait sur les individus hors du commun.

– J'ai trouvé la démarche motivante. Au dix-neuvième siècle et jusqu'au début du vingtième, ce que nous appelons « les monstres » étaient encore fréquents. Par la suite, les progrès de la médecine, de la chirurgie et les dépistages précoces les ont raréfiés. Dans nos pays hautement médicalisés s'entend ! Ailleurs, une anomalie terrifante peut encore échapper aux contrôles. Si bien que certains êtres gravement disgraciés y viennent encore au monde.

– Et vous en héritez.

– C'est notre devoir.

– Vous obtenez des résultats probants ?

– Au plan psychologique, oui. On les soulage, on les aide à s'accepter. Ils ne restent jamais très longtemps chez nous. Le temps de poser un diagnostic, de dresser un inventaire des éventuelles thérapeutiques à mettre en œuvre. Ensuite on les dirige vers des établissements spécialisés dans l'accompagnement quotidien et la fin de vie de ce genre de sujets. Il s'agit souvent d'associations constituées de bénévoles. Nos patients cèdent la place à d'autres, et ainsi de suite. La rotation est assez rapide.

– Le polyphage, lui, est là depuis au moins trois mois, puisqu'il a connu Croninck. Il s'était d'ailleurs attaché à cet infirmier, mon collaborateur Bérurier vient d'établir le fait.

Un sourire furtif anime les lèvres de Karine :

– Évidemment ! Gilles Croninck le nourrissait en douce, ce que cet éternel affamé appréciait.

– Pourquoi est-il encore là, Tartarovic, alors que les autres défilent plus vite ?

– Parce qu'il offre un cas d'étude bien particulier, explique l'infirmière. En outre, il ne représente aucun danger, ni pour les autres, ni pour lui-même, et son espérance de vie est plutôt bonne. Il ne deviendra jamais centenaire, mais il peut atteindre un âge respectable. Cependant, lui aussi arrive en fin de séjour. Il doit partir ces jours-ci pour l'accueil d'un nouveau patient. C'est la règle.

Sur la pointe de la langue, j'en viens là où je veux en venir :

– Georg Tartarovic occupe bien la chambre Van Gogh, n'est-ce pas ?

La femme circonflexe des sourcils :

– La chambre quoi ?

– Van Gogh, ce n'est pas ainsi qu'on la dénomme ?

– Première nouvelle. Pour moi, il s'agit de la chambre jaune…

Pas question de relâcher la pression :

– Que savez-vous des pensionnaires des chambres bleue, verte et rose ?

– Trois horreurs de la nature ! Dans la chambre bleue, il y a Tiaga, la Péruvienne, une femme cochon. Dans la verte, Pedro et Pablo, les siamois capverdiens. Et dans la chambre rose, T'sing, la malheureuse Cambodgienne…

– Je sais. Moi, je parle de ceux qui occupaient ces chambres auparavant. Que sont-ils devenus ?

Karine ne peut masquer une grimace de dépit :

– Il me semble bien qu'ils sont tous morts depuis. Hélas, c'est leur sort à tous.

21

Si une femme te tue,
c'est que tu l'as mérité.

On aura beau dire, pour la résolution d'une énigme criminelle, l'arme fatale reste la confrontation générale des protagonistes.

Selon la tradition du polar, elle intervient toujours à l'extrême fin de l'enquête, donc du roman. Mais qui a dit que j'utilisais la méthode traditionnelle ? J'ai une préférence pour la méthode champenoise qui pétille, quitte à en chier des bulles.

La réunion a lieu dans la salle des infirmières, pièce la plus vaste à notre disposition. Ils sont venus, ils sont tous là, les membres du RTT. Sauf les absents excusés : N'Goma, pour cause de décès, et

Gémeau, toujours dans le sirop d'oubli suite à son matraquage. J'ai remarqué, ce sont toujours ceux qui possèdent le QI le plus faible qui encaissent le plus mal les coups sur la tronche et se montrent les plus prompts à choper Alzheimer au collet. Alors que chez les athlètes, c'est au contraire le muscle sollicité qui dérouille en premier. Cette constatation m'incline à admettre le postulat de Churchill : pour bien vieillir, pas de sport ! Mais beaucoup de gamberge, en revanche. La plupart des connards, d'ailleurs, démontrent cette théorie par l'absurde.

La pendule du local annonce 17 h 59 en chiffres verts luminescents. Rien à redire pour une convocation à 18 heures.

Béru ayant été consigné à la surveillance et protection de Gémeau, Toinet et Amélie représentent l'ordre public à mes côtés. Pas de préambule, j'attaque bille en tête :

– Hier, votre collègue N'Goma Heffassé a été assassiné d'un coup de scalpel dans l'aorte abdominale.

Murmure dans les rangs que ma bru endigue aussitôt (tu connais sa niaque) :

– Je sais que l'hypothèse du suicide a été avancée. Elle est aujourd'hui écartée.

D'un geste théâtral, j'exhibe le carnet rouge et doré.

– Il a été tué à cause de ce calepin dont la plupart d'entre vous possèdent au moins un exemplaire.

Mon fils me prend l'objet des mains, le présente à tous à la manière d'un procureur américain exhibant une pièce à conviction au sein d'un prétoire.

– Celui-ci appartenait à Gilles Croninck, poursuit-il, un ancien du RTT que vous avez tous connu, sauf... le Dr Attila Chaifdézün, ici présent, et Gérard-Maurice Panosse, le vigile toujours actuellement en observation quelques étages plus bas, l'un et l'autre ayant intégré ce service après le départ dudit Croninck.

Comme dans un ballet bien réglé, Toinet me rend le calepin et je reprends le crachoir :

– Je vais vous expliquer ce qui s'est passé. Gilles Croninck était le propriétaire de ce carnet sur lequel, comme tout un chacun, il griffonnait des notes personnelles. Il a oublié le calepin au fond de son vestiaire lorsqu'il a donné sa démission.

Diane lève soudain la main :

– J'peux parler ?

– On est tous là pour ça. Qu'avez-vous à dire ?

La réceptionniste tourne ostensiblement le dos à sa patronne.

– En fait... je voulais simplement dire que... que Gilles n'a pas démissionné. (Elle hésite à formuler son propos.) C'est le Pr Médéric qui lui a demandé de partir !

– Qu'en savez-vous ? intervient Amélie.

– C'est lui qui me l'a confié !

– Sur l'oreiller ? ajoute perfidement ma belle-fille.

– Oui, je l'admets, je couche facilement parce que j'aime ça. Mais en quoi cela m'obligerait-il à mentir ?

Elle se décide à affronter le Pr Médéric :

– Je sais que vous allez me renvoyer aussi, patron, mais je raconte pas de craques à la police ! C'est vous qui avez viré Croninck, oui ou non ?

Plus mal à l'aise que la toubib en cet instant, je ne vois qu'un haut notable libidineux confondu par son éjaculat.

– En effet, consent-elle, j'ai réclamé sa démission à Croninck.

– Pour quel motif ? demandé-je.

– L'ensemble de son œuvre. Il éprouvait trop d'empathie pour certains de ses pensionnaires…

– Tartarovic, par exemple ?

– Par exemple ! En revanche, il se montrait impitoyable et même cruel envers d'autres malades.

Amélie revient dans le jeu :

– Je comprends votre indignation, docteur, mais pourquoi ne pas avoir appliqué une procédure de licenciement, plutôt que d'exiger sa démission ?

– Parce qu'il n'est jamais plaisant de jeter l'opprobre sur un membre de son personnel, par ailleurs professionnel de qualité.

Diane dresse à nouveau le doigt :

– Je peux parler ?

– Allez-y.

– Gilles avait découvert que Mme Johana hébergeait un réfugié hongrois et qu'elle couchait avec !

– Il parlait d'Attila, selon vous ?

– De qui d'autre, à votre avis ?

Sans vigueur excessive, l'interne bat des bras en signe de dénégation.

– Pas possible, ça dire la damoiselle ! Moi venir la France trois semaines passées, pas trois mois. Autorités pouvez vérifier tout !

– Il a raison ! confirme le Pr Médéric. Attila vient juste d'arriver. Ce que raconte Diane est erroné. Je vous l'ai dit et je le répète : si j'ai négocié avec Croninck, ça n'a été sous aucune pression, mais pour éviter un scandale à l'hôpital. (Elle s'énerve.) S'il faut aller plus loin dans le remuage de boue, j'avais également découvert que Gilles entretenait des relations contestables avec des associations religieuses que je considère personnellement comme des mouvements sectaires. On a trouvé un terrain d'entente, on s'est séparés, voilà tout !

Je m'applique à témoigner du flegme dont la flicaille ne devrait jamais se départir.

– Bien, chacun s'est exprimé et nous avons pris note. Je veux en revenir à ma version des événements récents. Au moment où j'ai été interrompu, je disais que Croninck avait oublié le calepin au fond de son vestiaire, lorsqu'il a quitté le service, de son plein gré ou non : peu importe. Ce vestiaire a naturellement été affecté à N'Goma, son remplaçant. Il y a peu, et sans doute par hasard, l'infirmier noir découvre le calepin. Il ne lui prête aucun intérêt, mais fait part de sa trouvaille à quelqu'un du service.

Nouveau brouhaha protestataire, vite jugulé par Amélie :

– Un peu de silence ! Personne n'accuse personne. Écoutez le commissaire San-Antonio.

Lequel mégnace déroule sans se laisser déconcentrer :

– Hier, N'Goma constate que le carnet rouge a disparu de son placard. Il réalise que cet objet présente de la valeur pour quelqu'un. Il veut alors le récupérer. Il sait à qui il en a parlé et surveille la personne en question. Depuis l'ascenseur vitré, il la voit se diriger vers l'avenue du Commandant-Ganachon et jeter un sac plastique dans la poubelle située à proximité de l'arrêt du bus 72.

– Je me suis renseigné, intervient Toinet. Je sais que le personnel de votre hôpital a coutume d'évacuer ses déchets personnels dans les poubelles environnantes en quittant son service, plutôt que de les abandonner à l'intérieur des réceptacles de l'établissement.

– C'est de la paranoïa ! s'exclame Johana.

– Sans doute, et vous n'êtes pas responsable de cette directive, dit mon fils, mais l'inspecteur Bérurier, actuellement au chevet de votre vigile, a recueilli ses confidences. Gémeau, comme tous les autres agents de sécurité, a reçu l'ordre de fouiller les corbeilles de chaque employé.

– À la recherche de quoi, bon sang ? s'insurge la toubib.

– Plan Vigipirate, à l'origine. Et puis... pour vérifier s'il ne consomment pas des produits alimentaires subtilisés ou des médicaments détournés.

– C'est d'une insultante stupidité !

– Je partage votre avis, mais il y aurait eu et il y aurait encore de nombreux abus. Laissez le commissaire continuer.

Ce dont le gars mécolle s'acquitte tranquillement :

– N'Goma attend que son voleur regagne l'hôpital pour filer à son tour à la poubelle. Quand il arrive, quelqu'un a déjà escamoté le carnet rouge : MOI ! Et par simple curiosité. Il est inquiet, pas certain d'avoir bien fouillé. Il envoie un SMS à sa belle-sœur pour qu'elle vienne récupérer le sac de détritus. Il revient au service, demande des explications à l'individu qu'il sait lui avoir subtilisé le carnet. Il présume qu'il possède une certaine valeur marchande, il menace peut-être son adversaire de le faire chanter sitôt que sa belle-sœur aura retrouvé le carnet… Là, je ne fais qu'élaborer une hypothèse. Toujours est-il qu'il donne ainsi le coup d'envoi à la course à la poubelle et au carnet.

– Mais il reçoit sous le poitrail un coup de scalpel mortel ! persiste ma bru en agitant le sachet renfermant l'arme du crime.

– Les empreintes n'ont pas parlé ? s'étonne le Pr Médéric.

– Négatif ! Vous ne manquez pas de gants en latex, de chaussons, de tabliers, de masques et de bonnets, dans vos locaux, pour éviter de laisser la plus infime trace.

– Vous avez quand même une idée de qui est le coupable, si coupable il y a ? s'emporte Johana.

– Bien sûr, fait Amélie à qui je laisse volontiers la main pour l'ultime assaut. Vous, docteur…

– Moi ? Vous m'accusez !

– Laissez-moi finir mes phrases. Vous, docteur, pouvez-vous nous dire avec qui vous avez passé la nuit dernière ?

La big boss perd de son assurance :

– Il s'agit d'une affaire personnelle, de ma vie privée que je n'ai pas à étaler devant tout le monde !

– Désolée ! Au cours d'une enquête criminelle, la vie privée se retrouve tartinée comme une confiture moisie sur du pain rassis.

Dans quel étrange recoin de mon ciboulot ma belle-fille a-t-elle été puiser cette comparaison ?

Et elle en remet une couche, l'Amélie :

– Attila était de garde ici même, la nuit passée, et jusqu'à 6 heures du matin. Karine en a témoigné.

– Je… ne dis pas le contraire.

– Si ! Vous avez affirmé au commissaire avoir passé la soirée et la nuit en sa compagnie.

– Je n'ai jamais dit ça ! proteste Médéric.

– C'est votre parole contre celle d'un officier de police assermenté, méfiez-vous !

– Et alors ? Je réitère ma déclaration : je n'ai jamais dit à votre supérieur que j'avais passé la soirée ni la nuit avec Attila.

Ma belle-fille me jette un regard éperdu, guettant ma contre-attaque. Qui tarde. Johana profite de mon hésitation pour enfoncer le clou :

– Le commissaire m'a demandé d'où j'arrivais au petit matin. Moi, je lui ai demandé si j'étais obligée de répondre à sa question. Il m'a répondu que c'était inutile et qu'il savait que j'avais passé la soirée et la nuit avec Attila. Je ne l'ai pas détrompé, c'est tout.

La troupe entière me reluque comme le pestiféré dont on vient de découvrir qu'il porte aussi la rage, la variole, le choléra et quelques lambeaux de lèpre pour faire plus gai. Chacun attend un aveu qui ne tarde guère :

– En effet, le Pr Médéric ne m'a jamais déclaré avoir passé la nuit avec Attila. Parce que je ne lui ai pas directement posé la question. Pour la bonne raison que je savais déjà avec qui elle se trouvait réellement. Antoine, s'il te plaît…

Mon fils va ouvrir la porte de la salle des infirmières pour livrer passage à un immense Black enchaîné à un jeune homme brun, copie conforme de l'interne hongrois.

– Je vous présente le commissaire Jérémie Blanc et Bleda Chaifdézün, frère jumeau d'Attila.

Johana baisse la tête. Ses ouailles se taisent pour nous laisser entendre deux mouches copuler. Jusqu'à ce que je leur fournisse une once d'explication :

– Bleda a débarqué en France il y a quelques mois. Il est entré en contact avec le Pr Médéric pour lui demander d'intervenir en faveur de son frère, médecin doué, mais menacé du fait de ses origines tsiganes.

– Bleda est devenu l'amant de Johana et il a obtenu qu'elle intègre son frère au service RTT, complète Toinet. Lui, sous le coup de plusieurs condamnations dans son pays pour ses recherches en biologie taxées de sorcellerie, n'avait pas droit de cité chez nous en application des accords européens. Grâce à la complaisance du Pr Médéric, les jumeaux ont réussi à vivre à Paris sous une seule et même identité. Vous reconnaissez les faits, docteur ?

La toubib tente de masquer une larme :

– Je n'ai rien fait d'autre que de recueillir deux jeunes gens persécutés dans leur pays de par leur appartenance à une ethnie. À tour de rôle, l'un et l'autre se sont comportés avec humanité vis-à-vis de mon fils lourdement handicapé. Je n'ai rien à me reprocher, ni à leur reprocher.

– Moi, si ! dis-je. L'assassinat de N'Goma.

– Faux ! Pas nous, pas nous ! s'écrie Attila.

– Erreur judiciaire ! brame Bleda.

– Votre Dacia bleue a été repérée.

– Moi perdu clés, voiture volée ! pleurniche Attila.

– Volée par l'un au profit de l'autre ? gronde Jérémie. Vous êtes ficelés, les twin-terreurs !

Johana Médéric s'accroche à mon veston, implorante :

– Je suis sûre que vous faites erreur ! Est-ce que vous avez la plus infime preuve de ce que vous avancez ?

– Oui ! Une preuve majeure : c'est depuis le téléphone portable d'Attila que

Karine a été menacée. En outre, il était le seul à savoir que Diane allait au cinéma, hier soir, et qu'elle était donc censée être absente de son appartement.

Je marque une brève pause avant de prendre ma décision.

– Pr Médéric, compte tenu de vos responsabilités dans ce service, je ne vous implique pas pour l'instant, mais je vous demande de ne pas quitter Paris. Quand aux frères Chaifdézün, je les place en garde à vue. Qu'ils contactent immédiatement leurs avocats.

T'imagines pas à quel point c'est désagréable de foutre en cabane un type que l'on sait innocent !

Quatrième partie

Le Carnet rouge
et
la Vierge blanche

22

Michel Drucker est le seul animateur à avoir fait une carrière posthume de son vivant.

Si on réfléchit bien, l'avion c'est quand même plus rapide que le train, surtout quand on va loin, pas vrai ?

Le zinc vient de nous déposer à l'aéroport Tarbes-Lourdes-Pyrénées. L'agitation est vive sur le tarmac à l'ordinaire paisible, car les rotations sont nombreuses en cette journée du 15 août. Près de vingt mille personnes sont attendues pour le pèlerinage national de Lourdes. Bernadette Soubirous fait encore recette plus d'un siècle et demi après les premières apparitions de la Vierge dans la grotte de Massabielle. Un exemple de marketing à méditer par les pubeux de nouvelle génération ! Une gamine de quatorze ans bien motivée peut damer le pion aux *Experts Manhattan* auprès de leurs lessiviers. Surtout si la ménagère de moins de cinquante piges se déplace sur des roulettes.

Un Touran Volkswagen mentionnant sur les portières l'inscription « Taxis Merlot » nous attend devant l'aérogare. Sobrement fringué d'un costume de lin anthracite et d'un polo blanc ras du cou, j'offre une dégaine d'ecclésiastique sans arborer pour autant le moindre symbole religieux. Je pousse à pas mesurés un fauteuil d'infirme dans lequel est assis un homme ventripotent, hirsute et trapu, pourvu d'une dense moustache.

Me voyant approcher, la conductrice sort de son bahut. Il s'agit d'une pétulante blondeur frisottée en jean moulant et bustier ajusté.

– Monsieur Tartarovic ? s'enquiert-elle en me tendant une pogne manucurée.

Je désigne le polyphage :

– Voici M. Tartarovic. Je suis Antoine, son accompagnateur.

– Mon mari était déjà réservé au volant de l'Espace aménagée. Je suis désolée, on va devoir plier le fauteuil.

– Pas de problème, mon patient n'est pas très agile, mais valide.

En deux coups les grosses, je remise la chaise roulante dans le coffiot ainsi que mon paquetage léger. J'installe Tartarovic sur la banquette arrière, verrouille soigneusement les portières et vais m'asseoir à côté de la chauffeuse, laquelle consulte un papelard.

– Vous allez à l'hôtel de la Grotte, à Lourdes ?

– Tout à fait.

– Bon choix, c'est un des meilleurs de la ville.

Dans le rétroviseur, je remarque le second taxi Merlot en train de charger quatre personnes qui se trouvaient à bord du même avion que nous : deux infirmiers, un grand Noir et une petite rouquine, escortant un vieillard impotent et un jeune homme agité de convulsions. Le véhicule étant équipé pour le transport des handicapés, les fauteuils sont automatiquement hissés à l'arrière du bahut.

Nous démarrons. La conductrice se faufile avec habileté dans la circulation particulièrement dense. Elle entame ce qu'il est convenu d'appeler une conversation de garçon coiffeur, expression qui convient à merveille aux propos d'un chauffeur de sapin.

– Vous venez pour la procession de ce soir ?

– Tout à fait, redis-je, histoire de m'installer dans la peau d'un candidat au ni oui ni non.

– Il souffre de quoi, votre client ?

– D'un genre de boulimie extrême.

– Et c'est grave ?

– Plutôt. La médecine est impuissante à le soigner.

– Vous avez eu raison de venir à Lourdes. Vous savez bien que chaque année on constate de nombreux cas de guérisons spontanées. Ce que vous appelez des miracles, quoi.

– Tout à fait.

Les yeux écarquillés, la fille appuie soudain sur le champignon.

– Regardez ! lance-t-elle en proie à une intense exaltation. C'est pas la voiture d'Europe Stop, là ?

– Non, non, y a du jaune, c'est une fourgonnette Ikea.

– Ah, zut, il y a pourtant de belles enveloppes à gagner !

– De toute façon, Europe Stop s'est arrêté en juillet.

– Mais oui, j'avais oublié. Vous aussi, vous êtes un fan de cette station ?

– Tout à fait…, madame Malbec.

La taquemarde reste pantoise :

– Comment vous savez mon nom de jeune fille ?

Je chope la voix de Baffie :

– Parce que tu me l'as dit, Gourdasse. Y a du vol-au-vent dans ta cervelle de pigeon ?

– C'était vous !!! fait-elle, le moral disloqué. Pourquoi m'avoir fait cette mauvaise blague, mon père ?

– Je ne suis pas père, je suis un laïc, et même un flic !

Je lui exhibe ma carte :

– Commissaire San-Antonio.

– Ah ben merde ! Je me suis bien fait rouler dans la farine. Du coup, je participerai pas à l'émission de Baffie.

– De toutes façons, son émission s'arrête à la rentrée. Mais si vous jouez et gagnez la partie avec moi, vous aurez droit à une interview exclusive dans la matinale.

– Avec Benjamin Pétrovert ?

– Ou Aymeric Caron si c'est le week-end.

La donzelle s'extasie :

– Le nirvana ! Qu'est-ce qu'il faut que je fasse ?

– Je vous avertis : on n'est plus dans un jeu radiophonique, là, mais à la traque d'un dangereux criminel.

– Qui ça ?

– Gilles Croninck. On le soupçonnne de plusieurs meurtres. Je sais que vous le connaissez.

– Bien sûr, on l'a trimballé souvent, moi ou Gérard.

– Gérard, c'est votre époux ?

– Oui !

– Décrivez-le-moi un peu ?

Elle ébauche un sourire complice :

– L'autre con ?

– Non, Croninck.

– Grand, sec, sévère, pas très glamour, mais de là à penser…

– Où votre mari l'a-t-il conduit, hier matin ?

– Dans la basse ville.

– À quel hôtel ?

– On n'a jamais su. Il se fait toujours déposer à l'entrée du Pont Vieux et il s'en va avec son bagage le long de l'avenue du Paradis.

– Vous n'avez pas une idée de l'endroit où il pourrait descendre ?

– Comment voulez-vous ? Il y a deux cent quarante établissements à Lourdes. C'est la plus grande concentration hôtelière de France après Paris !

– Son numéro de portable doit s'inscrire sur votre central d'appels, non ?

– Naturellement, mais il change tout le temps de numéro. Il doit utiliser des téléphones jetables, ou bien des mobicartes.

– Je sais, on n'est pas parvenus à le localiser. Mais vous pouvez le joindre sur le numéro qu'il a utilisé hier ?

– Sans doute, oui, s'il n'en a pas changé entre-temps.

– On peut toujours essayer. Voilà ce que vous allez faire : sitôt que vous nous aurez déposés, vous allez l'appeler.

– Sous quel prétexte ?

– Demandez-lui s'il n'aurait pas perdu son portefeuille dans la voiture de votre mari. Il va vous répondre que non. Alors vous lui direz que vous êtes soulagée, parce que c'est un client qui l'a retrouvé, mais qu'il l'a bouffé.

Nous nous retrouvons coincés dans un bouchon sur la D 914, au rond-point de l'Europe. Agacée, la conductrice martèle son klaxon avant de se poiler :

– Bouffer un portefeuille ? N'importe quoi !

– Vous allez voir.

De ma fouille, je sors un épais morlingue de cuir marron que j'offre à Tartarovic, qui est resté prostré depuis le début du trajet :

– Tiens, Georg, c'est pour toi !

Tartarovic rafle l'objet, le croque en deux crac de mâchoires.

– Vous voyez que c'est possible.

– Ah, ça alors... Hé ! Ho ! Il démonte le plafonnier ! Merde ! Il l'a avalé d'un coup.

Je me tourne vers le polyphage, le morigène :

– On se calme, Georg, on se calme !

Il se tasse sur la banquette, renfrogné.

– Je suis navré, je vous rembourserai les dommages.

– Ne vous en faites pas, m'sieur le commissaire. Je préfère que vous me pistonniez auprès de Baffie.

– Juré !... Si nous réussissons à arrêter ce salopard.

Lady Malbec-Merlot nous débarque devant le Grand Hôtel de la Grotte dont la façade immaculée se tourne vers la basilique. Répertorié quatre étoiles, s'il te plaît, le bouclard ! Ne crois pas qu'on ait chopé des goûts de luxe, dans la volaille, mais c'était le dernier endroit où il restait encore des piaules libres. Et encore ai-je dû avoir recours à l'entregent de monseigneur Chapelier, un de mes amis de la Curie romaine, pour les obtenir.

Je règle la course, ajoute un bon pourliche pour le plafonnier, et refile mon numéro de portable à la chaufferesse.

– Tenez-moi au courant de votre démarche auprès de Croninck. Et, si possible, arrangez-vous pour lui faire savoir que le bâfreur de portefeuille réside dans ce palace. La police française compte sur vous.

– On va faire au mieux.

Je regarde le taxi s'éloigner.

Même si cette femme ne me trahit pas, je sais que quelqu'un d'autre le fera.

23

Jamais Borloo ne se serait laissé piéger : il sort de sa douche tout habillé.

Si on réfléchit bien, il faudrait arrêter de réfléchir pour être heureux.

Moi, ce qui me gangrène la vie, ce sont mes idées, mes pensées, mes envies, mes dégoûts. Tout ce qui agite mon esprit sans jamais l'apaiser. Tout ce qui alimente la bouilloire de mon cerveau alors qu'une bonne glaciation serait la bienvenue. J'aspire au froid de mes sentiments, à la rigidité cadavérique de mes sensations, à la paix de la viande, laquelle passe toujours, hélas, par l'extinction des feux de l'âme.

– Ho, Tonio, ça va pas ?? s'écrie Tartarovic.

Combien d'entre toi avaient deviné que le gars Béru était devenu le polyphage ? Pas trop de doigts qui se lèvent... Vous êtes encore plus nazes que je te croyais !

– T'as un coup d'mou ? s'inquiète mon Haltère et Gros.

– Juste un peu de lassitude. Voilà une botte d'heures que j'ai pas roupillé. En tout cas, tu as été parfait, Alexandre. Plus vrai que nature !

– Les spécialistes d'l'identité judiciable m'ont maquillé comme des chefs ! Quand j'me r'garde dans l'miroir, j'ai l'impression de plus être moi-même.

– Tu n'es plus toi-même. Tu viens magnifiquement d'entrer dans la peau d'un personnage. L'oscar des césars te guette !

– Faut dire que ton copain Majax m'a enculqué les trucs alimentaires d'l'illusionnisme. Le coup du port'feuille en gaufrette, c'était génial. Et pis, l'art et la manière d'faire semblant d'avaler quèque chose tout en l'glissant dans sa manche...

Il secoue son bras, récupère le plafonnier, le balance sur le paddock. Le Gravos devient grave :

– N'empêche que je sais pas trop ce qu'on branligote ici. Je pense pas que t'aies viré cagot, San-A, ni que tu soyes pris d'une crise de mistigrisme aiguë ?

– Qui sait ?

Je reprends, d'une soudaine jovialité :

– Allez, la Gonfle, réintègre ton fauteuil, je t'emmène déjeuner en ville. Et n'oublie pas de commander triple portion.

– Tu peux me faire confiance !

Là-dessus, mon portable tintinnabule. L'accro à Europe 1 est en ligne :

– Commissaire ? Je viens d'avoir Croninck. Je crois qu'il a mordu à l'hameçon.

– Parfait. À partir de maintenant, vous et votre mari ne devez plus avoir de contact avec lui. Il en va de votre sécurité. Compris ?

– Compris !

Je coupe la communication. Par la fenêtre de la piaule, je vois le taxi de Gérard Merlot s'arrêter devant l'entrée de notre hôtel et décharger l'équipe entrevue à l'aéroport.

Béru m'a rejoint devant la croisée.

– Ils descendent au même hôtel que nous ? grasseye-t-il.

24

Quelle que soit la religion d'un con,
elle est toujours intégriste.

Si on réfléchit bien, Lourdes offre une seconde chance aux marchands du Temple jadis chassés par Jésus.

Poussant Béru, je descends la rue de la Grotte en direction du gave, peinant à me frayer passage dans le grouillement des pèlerins. Difficile de doubler un fauteuil roulant sans mettre son clignotant.

Ce ne sont pas les invalides, les impotents, les ravagés, les déglingués, les tordus, les bossus, les manchots, les culs-de-jatte, les aveugles, les boiteux ou les scrofuleux qui me surprennent, mais leurs accompagnateurs et accompagnatrices. Des gens très jeunes, souvent gracieux, mais revêtus d'habits d'inspiration monastique. Chacun arbore le monogramme d'une confrérie plus ou moins identifiée.

Croix de Malte, de Saint-André, pointue, pattée, fleurdelisée, latine ou occitane, croix de bois, croix de fer, on va vous éviter l'enfer !

Ils baladent en souriant leur grabataires comme charrient les victuailles aux halles les mandataires. J'imaginais des garçons compassés, coincés au détour de leur froc, et des filles embringuées dans leur austérité. Idée mal reçue ! Les gars s'amusent, blaguent avec leurs malades, leur prodiguent de la bonne humeur. Les damoiselles ondulent, se poussent du coude en ricanant. Beaucoup d'entre elles portent des coiffes, des galettes, des cornettes, et ne cessent pour autant de chahuter, cigarette au bec pour certaines. Dans l'ensemble, elles sont plutôt choucardes et seraient même sexy sans les collants dont elles sont systématiquement affublées. Quelle idée saugrenue que de s'encellophaner la foufoune au plein cœur de l'été ? Pas besoin d'imagination : on a tous déjà éventré un paquet de gambas sous vide !

Tout au long du chemin, les commerces se suivent et se ressemblent dans une monomanie bondieusarde. Des cierges, des crucifix, et des vierges, et puis des vierges, des crucifix et des cierges de toutes tailles.

En arrêt devant une chandelle sculptée plus mahousse que l'obélisque de Louksor, un vieux prêtre d'obédience pédophile trahit ses vœux en me demandant si un bel homme comme moi n'aurait pas besoin d'assistance. Je lui recommande d'aller se faire mettre ailleurs, et je te parie qu'il va suivre mon conseil.

Assis devant une échoppe à l'enseigne de « L'Immaculée Conception, vins et liquoreux », un poivrot flanqué d'un chien dépoilé implore Béru :

– Par pitié, j'ai faim !

Le Gravos repousse la main tendue :

– Moi aussi !

Devant la boutique « À Sainte Bernadette, falafel et merguez », deux gamins rom mendient en chiquant les handicapés.

– Pour le Seigneur, donnez !

– Sorry, j'sus musulman ! les rebuffe Béru.

Nous parvenons à l'orée du Pont Vieux, face au magasin « Jean-Paul II, glaces tous parfums ». Nous emmanchons à gauche l'avenue du Paradis qui longe le torrent sur sa rive droite. Selon la taxiwoman Merlot, c'est au bord de cette artère qu'on aurait une chance de localiser l'hébergement de Croninck.

D'un côté, le gave de Pau dont les eaux glauques tourbillonnent, avivées par les récents orages ; de l'autre, un alignement ininterrompu d'hôtels et de pensions de famille. L'Impérial, les Arcades, le Paradis, le Marial, le Méditerranée, l'Alba… je t'en passe et des pires. Autant chercher un aiguillon dans une de boîte de fion !

J'entre en désespérance lorsque Alexandre freine sa chaise des quatre fers.

– Fais comme si que t'aurais rien vu, San-A !

– J'ai rien vu !

– Moi, si ! Entre la pension Sainte-Minouche et l'hôtel du Brancard, y a un immeuble minuscule.

Je détourne le regard, constate la bâtisse. Elle n'est pas plus large qu'une cabane à poules, mais grimpe sur quatre étages et ne peut comporter qu'une seule pièce par niveau.

– OK, j'ai repéré ! C'est quoi, le problème ?

– Un mec, sur la terrasse. Je suis sûr qu'il nous matait a'ec des jumelles. C'est l'éclat qu'a z'attiré mon attention. Sitôt que j'ai levé l'pif, il s'est rencoquillé derrière la balustrade. L'zigue était habillé en moine a'ec une robe de burne.

Mine de rien, je poursuis la balade de mon impotent potentat, fais demi-tour après la gare routière et reviens sur mes pas. Passant à nouveau devant l'étroit bâtiment, je constate une plaque de cuivre apposée sur la porte. Trois lettres sont gravées dessus : EdD.

Depuis le fond de ma poche, je compose le numéro de ma belle-fille. Elle répond illico. Par l'entremise de mon oreillette quasi invisible et de mon micro tout aussi discret, je lui demande de se renseigner sur le logo EdD, avenue du Paradis à Lourdes.

– Un instant, je me connecte. Restez en ligne.

Le temps de repasser devant « Jean-Paul II », « Sainte Bernadette » et « l'Immaculée Conception », la réponse fuse :

– Allô, papa… patron ?

– J'écoute.

– EdD signifie les Enfants de Dieu, une association caritative dont le directeur se fait appeler frère Gilles !

25

L'intelligence d'un spermatozoïde, c'est de rater l'ovule.

– Si on réfléchit bien, constate Béru, tous ces pauv' gens sont v'nus pour demander quèque chose à la Sainte Vierge ?

– Pour l'implorer.

– En fait, Lourdes c'est un genre d'bureau des plaintes ?

– Oui, mais contrairement à ce qui se passe dans les services administratifs, ici quelques vœux sont parfois exaucés.

Le Mastard renâcle :

– J'espère qu'la Bernadette Sous-Biroute va pas m'confondre a'ec le vrai Tartarovic ! Imagine qu'elle me guérisse d'mon bel appétit ? D'ailleurs, ça m'inquiète, j'ai d'jà moins faim…

– Parce que tu t'es goinfré comme un goret au restau !

Dévalant de la porte Saint-Michel, un tsunami humain submerge l'esplanade des Processions. La nuit s'est installée mais semble repoussée par les milliers de flambeaux dont les lucioles dansantes ourlent le ciel d'une lueur dorée.

Par vagues successives, les pèlerins déferlent vers la Vierge couronnée. Quoique agglutinés, ils constituent des grappes, des castes, des sectes, des essaims séparés. Le meneur de chaque groupe brandit une pancarte portant le nom d'une ville, d'une région, d'un pays, d'une confrérie ou d'une congrégation. On pourrait se croire à l'inauguration nocturne des Jeux olympiques, version paralympiques, car le fauteuil est roi autant que la roulette reine.

Nous rejoignons la cohorte vers la porte Saint-Joseph.

– On va faire tache, nous qu'on n'a pas d'loupiote, s'inquiète l'Enflure.

– Personne ne regarde personne, le rassuré-je. Cette attitude résume à la fois l'humilité et l'égocentrisme propres à la dévotion.

Nous nous laissons porter par les cantiques, les prières renvoyées en diverses langues par des haut-parleurs disséminés sur le site. Alexandre se surprend à fredonner :

– Je connais cette musique, on la chantait à l'église de Saint-Locdu :

Les p'tites filles qui vont à la messe
Se mettent des coussins sous les g'noux
Elles f'raient mieux d'se les mettre aux fesses
Quand elles s'en vont tirer un coup

Il hésite :

– J'te garantis pas les paroles, j'ai pas t'été enfant d'chœur assez longtemps.

Il la boucle, marmonne entre ses bajoues :

– Mate un peu qui qu'est là à côté d'nous !

Je me retrousse le blanc des yeux, repère la troupe de notre hôtel : l'infirmier black, la rouquine, le vieux birbe et le jeune déclaveté.

– Banco !

Nous nous laissons emporter par la houle qui nous draine vers l'esplanade du Rosaire où une messe à grand spectacle est célébrée par une horde de prêtres sous la houlette d'un prélat à la tonsure coiffée d'un pédoncule d'aubergine.

Au milieu du tumulte et des chants liturgiques, faut avoir été pistonné par Hossein chez Audika pour esgourder la sonnerie d'un portable. Par chance, mes cages à miel sont fleurs de coing. Je dégaine. Au bout de la ligne, j'identifie la voix du Pr Médéric :

– Commissaire ? Ici Johana. Je suis très inquiète : mon fils Lambert a disparu.

– Où êtes-vous ?

– Je s… au… crrr… ouin… gr… ui…

La communication s'interrompt. Je recompose fissa le numéro, tombe sur une annonce classique : *Ici Johana Médéric, laissez-moi un message, je vous rappellerai*.

Quelques ombres maléfiques planent soudain. Une meute de pèlerins drapés de bure vient de nous encercler, Béru et ma pomme. J'éprouve une vive percussion sous l'omoplate.

– Restez zen, commissaire ! m'ordonne une voix rocailleuse. Sinon vous êtes mort.

De mon agresseur je ne distingue que la haute stature, la maigreur et l'étoffe rugueuse dont il est ceint. Un capuchon de moine dissimule son visage.

– Croninck ? soufflé-je. Je vous attendais.

– Je m'en doutais. Je vous signale que je viens de vous planter une aiguille dans l'épaule...

– Je l'ai sentie.

– Si j'appuie sur la seringue, je vous inocule une bactérie de type *escherichia coli*, dix fois plus virulente que celle qui a sévi en Allemagne il y a quelque temps. Vous ne mourrez pas immédiatement, mais elle va désagréger vos reins et détruire votre sang. Irrémédiablement.

– C'est ainsi que vous éliminez vos patients lourdement handicapés ? questionné-je, le larynx, l'œsophage et les roustons noués.

– Je ne les élimine pas. Je les offre à Dieu pour en chasser le Démon. Je suis un Euthanasiste du Diable !

– EdD, c'est donc ça ?

– Ces créatures immondes sont l'œuvre du Tentateur. Il s'en nourrit comme le virus s'alimente au détriment de nos cellules. Alors il faut les éradiquer. Quand le dernier des monstres aura été anéanti sur cette terre, le Malin ne saura plus où se loger chez l'homme et devra regagner les ténèbres qui l'ont engendré.

– Vous êtes encore plus fêlé que je ne l'imaginais, frère Gilles !

– Je n'espère pas votre conversion, ni celle des mécréants de votre espèce. Un jour, pourtant, grâce à notre grand œuvre, l'humanité sera enfin délivrée du Mal et le royaume du Bien s'étendra d'un bout à l'autre de l'univers pour la gloire de Dieu, dans les siècles des siècles.

– Amen ! grincé-je. Qu'attendez-vous de moi, Croninck ?

– Que vous nous suiviez paisiblement, moi et mes apôtres. Ils sont douze, tous plus jeunes et vaillants les uns que les autres. Même si vous décidiez de vous sacrifier en m'obligeant à presser le piston de la seringue, aucune résistance de votre part ne pourrait m'empêcher d'en venir à mes fins.

– Et ce sont quoi, vos fins ?

Le moine caresse la chevelure de Béru qui demeure d'une rigoureuse impassibilité.

– La récupération de ce brave Tartarovic. Je suppose que vous l'avez drogué, sinon il m'aurait manifesté son affection de manière plus véhémente.

– Quel intérêt portez-vous à ce polyphage ? Et pourquoi l'avoir épargné quand vous avez exécuté tous les autres malades du service RTT ?

– C'est mon affaire ! réplique-t-il, tout oint de componction. Cela ne vous regarde pas. Allez !... Nous allons gentiment quitter la procession. Suivez-moi sans faire d'histoires, commissaire !

Sans être sorti major de promo en psycho, il est facile d'évaluer le sort que Croninck me réserve. Comment ne me zigouillerait-il pas après s'être tant incriminé ?

Perdu pour perdu, autant jouer son va-tout !

Le mot d'ordre est un sifflet strident que je délivre entre mes dents. Croninck réagit le premier, réalise qu'il est tombé lui aussi dans un piège. Il appuie sur la seringue pour m'injecter son élixir mortel.

– Eh bien, crève, Maudit, puisque tu l'as voulu !

Tu mordrais le chambard qui s'ensuit !

Béru a jailli de son fauteuil. Déjà il distribue des parpaings de maçon en dépit de sa claudication. Sur l'aile gauche, l'infirmier noir et la rouquine viennent de dégainer des tasers dont ils neutralisent les apôtres de l'Euthanasie. Jailli de son fauteuil, le jeune épileptique commence à menotter la harde des sinoques. Et même le vieux schnock entre dans la bataille. Tu le verrais agrippé à la toge d'un de ses adversaires, tu ne reconnaîtrais plus notre cher et frêle Pinuche ! Comme tu n'as pas deviné Jérémie… ni Amélie… ni Toinet…

Si ? Alors, bravo ! T'es moins empoté que je croyais.

Quant à moi, quitte à crever, je m'élance à la suite de Croninck. Le gars zigzague parmi la foule, télescope les moines, emboutit les éclopés, tamponne les fidèles.

Me flairant sur ses talons, il se jette dans le gave.

Pas de pot, il a choisi l'endroit le plus

tumultueux, en amont du rapide. Je plonge à mon tour : on ne se refait pas ! Et c'est bien dommage, parce que j'en connais d'aucuns qui mériteraient des retouches.

26

J'attends d'être mort pour commencer à m'apprécier.

Si on réfléchit bien, c'est le gilet pare-balles que j'avais hésité à emmancher qui m'a sauvé la mise en absorbant la dose létale du bocon de Croninck. Pas une gouttelette pour ma viande !

Un coucou affrété par le ministère de l'Intérieur nous a rapatriés sur la capitale au beau milieu de la nuit. Durant le trajet, j'ai virgulé des ordres qui ont été suivis à la lettre. Mais le tout ne constitue pas un alphabet déchiffrable. Je te le livre en vrac comme une poignée de lettrines Lustucru pour marmots.

Seule Diane a pris son poste, hier soir, au service RTT, épaulée par Rosalyne et Philibert, les Antillais supplétifs. Ni

Karine ni le Pr Médéric ne se sont pointées à l'hosto.

Une patrouille de la BAC de Sèvres a été expédiée chez la toubib. L'équipe a trouvé la maison vide. Aucune trace de Johana ni de l'Elephant Man, pas même dans le réduit où il a coutume de se terrer.

Je n'en suis pas autrement surpris. Voilà pourquoi nous nous déployons aux aurores rue du Santenay, autour du pub Phil O'Xera.

J'ai délégué à Jérémie Blanc la direction des opérations. De nous tous il a l'air le plus fringant. Le gris se remarque moins sur le derme d'un Noir que le verdâtre sur la couenne d'un Blanc.

Le bar irlandais ayant baissé son rideau depuis plusieurs heures, une intervention par l'entrée principale nécessiterait des moyens lourds, genre RAID ou GIGN, avec un résultat imprévisible. Je préfère m'en tenir au système D qui m'a souvent réussi.

Nous avons investi en silence la courette (garnie de poubelles – des poubelles, encore et toujours des poubelles !), donnant sur les cuisines. Un chat délogé en pleine gastronomie saute sur un muret, grimpe le long des évacuations pluviales pour se réfugier sur la gouttière qui l'a vu naître et nous gratifier d'un feulement protestataire. Sa trajectoire nous indique la voie.

Moins bruyants qu'une armada de morpions à l'assaut d'un poil pubien de Berthe, Amélie et Toinet déploient une échelle plus légère qu'une plume de paon, grâce à laquelle ils se hissent jusqu'à un vasistas qu'ils ont tôt fait de soulever.

– Vous attendez le *go* ! chuchote Jérémie dans le micro de sa montre, aussi sensible qu'un clitoris de collégienne.

– OK ! réplique la voix feutrée de Toinet. On va s'équiper de nos lunettes infrarouges.

À mon sésame d'entrer en lice. Un trait de vaseline va lui faciliter l'intromission et la rendre plus discrète, je ne t'apprends rien. Que le grand cric me croque, et la serrure se vautre sur le dos telle une chienne lubrique. La lourde ne s'évase pas.

– Merde ! Ils ont poussé un verrou à l'intérieur.

Qu'alors Béru s'avance, boitillant mais monolithique.

– Les verrous, c'est d'mon ressort !

– Attention, avec tes pattes folles ! l'avertit Mister Blanc.

– La goutte, ç'attaque pas les épaules, que je susse !

Peu d'autres solutions. Suffit de bien coordonner l'affaire, ce dont se charge Jérémie. Je m'en remets à son incomparable intuition. En pareil instant, l'instinct est plus valide que tout raisonnement.

– Vous entrez ! ordonne-t-il à ceux du haut.

À l'étage supérieur, je vois mon fils se couler à l'intérieur du Velux, aussitôt suivi par son épouse. D'éternelles secondes lambinent avant que le timbre de Toinet finisse par se manifester :

– On est dans la place, commente-t-il en direct. Le bureau de la comptabilité, sans doute. La porte donne sur un couloir. On est dans le noir, mais on y voit comme en plein jour. Pas mal, les besicles dernière génération d'Amélie ! On va explorer ce niveau.

– Prudence quand même ! lui recommande Blanc.

Encore un fagot de broquilles qui nous paraissent interminables. Et puis la voix reprend :

– Personne à l'étage. C'est l'appartement privé. On vient de descendre trois marches qui mènent à une loggia. Là, des tables sont empilées, il y a un stock de chaises, des caisses, et puis les chiottes du pub. Tout est calme. Un large escalier dessert la salle. Depuis la balustrade, on a une vue quasi générale sur le troquet, à l'exception du coin bar.

Nouveau silence gluant que nos guignols mettent à profit pour taper le cent vingt. Toinet nous revient, haletant :

– Deux corps à terre !

– Morts ?

– Je ne sais pas... je ne crois pas... ils sont ligotés. Un homme et une femme, il me semble... Troisième individu tassé sur une banquette... Je ne le distingue pas bien... On dirait un enfant avec un masque... Je descends... Amélie me couvre... Putain ! Ça sent l'essence ! Intervention immédiate ! Je répète : intervention immédiate !

27

J'aurais aimé naître orphelin
et sans couilles.

Si on réfléchit bien, la situation est ubuesque.

Que je te plante le décor. Saucissonnés et bâillonnés sur la moquette, Johana Médéric et Philip O'Xerox ont été aspergés d'essence, tout comme l'ensemble du local. Prostré sur le velours d'un siège, ruisselant de benzine itou, Lambert, le garçon éléphant, grelotte en gémissant.

Quant à nous autres, les as de la fine équipe, enfouraillés des armes les plus sophistiquées, on ne peut rien faire face à Karine, trempée d'essence jusqu'à la moelle. Pour la simple et bonne raison qu'elle vient de surgir de l'arrière du comptoir, un chalumeau enflammé en pogne. Je ne te parle même pas de la lampe à souder que le voisin de ton beau-frère remise dans son garage, mais d'un simple brûlot destiné à caraméliser les crèmes dessert. Suffisant, toutefois, pour embraser la cagna.

La haine et la folie ravagent le visage de l'infirmière. On le croirait surgi d'une esquisse de Jérôme Bosch.

– Je vous attendais, commissaire ! ricane-t-elle. Vous avez bien mérité du feu purificateur que je vous réserve ! Vous vous êtes moqué de mes grossesses échouées...

– Loin de moi l'idée de... je n'ai jamais..., balbutié-je.

– Taisez-vous, impie ! J'imagine que frère Gilles vous a tout raconté ?

– Hélas, non ! On ne fait guère de phrases avec de la vase plein les poumons. Il s'est noyé, précise Jérémie.

– Dieu lui accordera Sa miséricorde. Il l'aura bien méritée. Que faites-vous, monsieur, vous, un homme si proche de l'être que notre Créateur a dessiné, dans cette civilisation dégénérée ?

– Je me le demande parfois, madame, dit malicieusement notre Black. Mais je me demande aussi pourquoi vous avez assassiné N'Goma, mon frère de couleur ?

– Il n'avait pas votre pureté de traits ni d'esprit. Il essayait de nous piéger en recherchant le lucre.

– Alors vous avez bien fait ! Chez nous, on est très simples et on déteste ceux qui cherchent le profit au détriment des autres.

Les traits de Karine se relâchent un peu.

– Vous, je vous épargnerai. Vous pourrez sortir avant que les flammes de l'Enfer ne réduisent en cendres les suppôts de Satan !

Béru se gondole :

– Remarquez, lui, mâchuré comme il est, cramé ou pas, on verra pas la différence à l'autopsie.

La femme s'enrogne contre le Gravos :

– Écoutez-moi ce pourceau ! Ce bâtard de flic éclopé qui sodomise les infirmières et s'en vante dans tout l'hôpital. Lui aussi n'est qu'une résurgence du Malin !

– Hé, ho ! J'vous permets pas ! proteste Alexandre. D'abord, j'sus pas si malin qu'ça !

J'écarte mon col, libère la médaille si chère à ma tendre Félicie.

– Karine, écoutez-moi ! Voyez, je suis baptisé, mais le Dieu en lequel je crois n'est pas le même que le vôtre. Il est amour, pas vengeance.

– Qui parle de vengeance ? Il s'agit simplement de remettre les choses dans le bon ordre !

Je désigne ses victimes potentielles :

– Pourquoi vous en prendre à eux ? À votre mari, par exemple ?

– C'est un alcoolique.

– Peut-être ! Mais il s'agit d'une maladie, pas d'un crime de droit divin.

– Bien sûr que si ! Croninck a su me faire comprendre que si Philip m'avait fait trois enfants non viables, c'était sous influence satanique. Il doit périr !

– Et ce malheureux Lambert ? questionne Toinet. Il est aussi une créature du Démon ?

– Évidemment !

– Et sa mère, continué-je, elle a le tort, à vos yeux, d'essayer de soulager les êtres déshérités ?

– Ils ne doivent pas survivre, pour que l'humanité puisse reprendre son cours normal.

– Quant aux jumeaux Attila et Bleda

Chaifdézün, ils suivent la même dérive, poursuis-je, l'un comme médecin, l'autre en tant que biologiste.

– De quoi ils se mêlent, ces barbares magyars ? Vous les avez arrêtés, d'ailleurs.

– Si je les ai placés en garde à vue, c'était pour vous donner le change. Je savais qu'Attila n'était pas l'auteur du SMS menaçant reçu sur votre portable.

– Et pourquoi ?

– Parce qu'il utilisait le terme « carnet » dans ce message, et que j'avais constaté quelques instants auparavant qu'il ignorait le sens du mot, et a fortiori son orthographe. Comme vous étiez seuls ensemble sur les lieux, si lui n'avait pas rédigé ce texte, cela signifiait que vous en étiez l'auteur. Vous lui aviez subtilisé quelques instants son mobile, de même que vous lui aviez dérobé, la veille, les clés de la Dacia pour les remettre à Croninck.

Le faciès de Karine se crispe jusqu'à en devenir hideux :

– C'est vraiment le Diable qui vous anime ! (Elle avance d'un pas.) On s'est tout dit…

– Presque ! fais-je d'un ton paisible. Avant l'Apocalypse, j'aimerais savoir pourquoi Croninck préservait Tartarovic et tenait tant à le récupérer.

– La bactérie *esche coli* vient d'être identifée sur l'un de nos sujets. L'éradication par ce moyen risquait de poser problème.

– Alors, il a imaginé un autre processus ?

– Plus simple, encore : l'élimination physique de ces maudites carcasses !

– Il comptait sur le polyphage pour les dévorer et n'en laisser aucune trace ! m'exclamé-je.

– En vérité, je vous le dis : Croninck était un génie !

Tel un zombie, Amélie marche vers la femme en bredouillant :

– Écoutez-moi bien, madame : vous avez eu trois enfants anormaux, morts-nés, et vous avez eu de la chance. Moi, j'ai une petite Élisabeth, magnifique, en pleine santé, mais elle m'empêche de dormir depuis des mois. Alors, allumez le feu si vous voulez, j'en ai rien à cirer, je suis crevée !

Nos flingues braqués n'ont pas loisir d'entrer en batterie.

Bondissant hors de sa banquette, Elephant Man se précipite sur Karine en poussant un hurlement sauvage. Je n'ose pas dire un barrissement, quoique…

Il percute l'infirmière, tous deux boulent à terre. Un souffle maléfique les enveloppe. L'essence s'enflamme, les embrase. Le feu se répand en un instant dans le pub.

C'est horrible, le cri d'une mère, même étouffé par un bâillon.

28

Les teinturiers sont nos plus fidèles confidents.

Si on réfléchit bien, tout est bien qui finit assez bien, ou pas trop mal.

Tu vas voir, je t'ai réservé un happy end digne d'un scénario hollywoodien (non oscarisable, j'ai pas les chevilles qui gonflent). Tout se déroule dans mon burlingue. Pas un plan séquence, mais presque.

Le brigadier Poilala me trouble dans la rédaction de mon rapport, si complexe qu'en comparaison la thérorie des quanta passerait pour une comptine de Chantal Goya.

– Pardonnez-moi de m'escuser, commissaire, mais la doctoresse des mongoliens est arrivée. Elle est accompagnée de deux jumeaux dont je sais pas lequel ressemble le plus à l'autre.

Il se fait grave :

– Après, faudra que je vous cause, et sérieusement.

Je rabats la chemise de mon dossier :

– Faites entrer.

Paraissent Johana et les frères Chaifdézün, dans leurs petits souliers mais libres de toute entrave.

– Je voulais vous exprimer ma gratitude, commissaire, dit la femme. Sans vous…

– Et mon équipe…

– Et votre équipe, naturellement. Sans vous tous, mon fils serait mort.

– Comment va-t-il aujourd'hui ?

– Bien ! Ses brûlures guérissent. L'épaisseur de son derme l'a protégé.

– Et Karine ?

– Toujours en réanimation. Je doute qu'elle s'en sorte.

Je me lève, contourne ma table de travail, embrasse la toubib et serre la main des Hongrois.

– Moi, je tenais à m'excuser, messieurs, pour le traitement que je vous ai infligé. Si je vous ai placés en garde à vue, c'était pour détourner l'attention des véritables coupables et essayer d'endormir leur méfiance.

– Johana a expliqué, fait Attila. Pas grave.

– Habitués pire chez nous, complète Bleda.

– Chez vous, c'est pas chez nous. J'ai agi en toute illégalité. (Je marque une pause.) Et c'est en toute illégalité que j'ai obtenu du ministre la promesse de vos imminentes naturalisations françaises.

Les frangins se jettent sur moi :

– Merci, merci !

– Merveilleux après tant difficultés !

– Vous êtes un homme de cœur, monsieur San-Antonio, résume Médéric.

– Et de raison, aussi. Amélie, ma collaboratrice scientifique, a étudié à fond le dossier. Elle a découvert que Bleda avait mis au point un traitement qui, à terme, pourrait peut-être faire régresser la difformité de votre fils.

– Pas encore un traitement, hélas. Mais il a obtenu de manière expérimentale des améliorations prometteuses de l'éléphantiasis chez les souris. Ce n'est qu'une étape. Il reste un long chemin à parcourir…

Poilala les raccompagne. Comme dans une saynète de Feydeau, Jérémie, Pinuche et Béru entrent par la porte du fond, celle réservée au service. Je constate illico que le Mastard ne claudique plus.

– Je vois que tu es guéri, Gros !

– Moi c'est rien, à côté de Pinuche !

Je défrime l'Ancêtre. Fringué milord, l'œil frais d'un bar de ligne, il se tient droit comme une bite. Il allume son mégot d'un battement de briquet, repousse un rond de tabac digne d'un cercle de jeux.

– Je crois que ça boume, les gars ! pérore-t-il.

J'en reste bec bédé.

– Et c'est pas tout, insiste Alexandre, tu vas voir, j'ai pris des notes.

Il sort un Kleenex griffonné et griffé de sa morve :

– Capitale d'la Mongole estérieure ?

– Oulan-Bator ! répond l'ex-débris.

– Attitude d'l'Anaconda, l'point enculminant d'l'Argentière ?

– 6 959 mètres !

Calculette en main, Blanc corse le défi :

– Combien font 1515 par 732 ?

– 1 108 980 ! rétorque Lapinaud.

– Ebouriffant ! m'extasié-je.

– Y a mieux encore ! jubile César. Je me souviens de ce que j'ai pris au petit déjeuner : des œufs au lard. Et même du prénom de mon épouse : Geneviève-Marthe ! Et puis, côté gambettes, ça y va, regarde un peu…

Il se lance dans un numéro de claquettes digne de Gene Kelly. Finit par suffoquer et s'effondrer dans son fauteuil.

– Faut quand même pas trop tirer sur la mule, s'époumone-t-il. Mais je suis guéri d'Alzheimer, Aloïs de son prénom ! Je suis un miraculé ! Et pourtant je vous jure que je n'ai pas prié, à Lourdes !

– Moi, je l'ai fait ! confesse Jérémie. J'ai un peu mélangé Marie, Bernadette et le Gouloungou-Goulounga des Wolofs, mais le résulat est là : ça a marché !

Béru m'attire à l'écart, mine soudain contrite :

– Dis voir, Grand, tu crains pas qu'avec ce coup d'pouce divin, Pinuche risque de d'venir plus t'intelligent qu'moi ?

– Va savoir ? À tout hasard, tu devrais retourner à Lourdes pour faire brûler un cierge.

– C'est pas con ! D'autant qu' y a d'bons p'tits picrates dans c'coin des Périnées. Surtout les blancs, et Berthe raffole des vins moelleux. (Il cligne). Une bonne occase d'espérimenter le nouveau sèche-cheveux que j'lui ai z'offerte !

Poilala, le retour.

– Patron, pourriez-vous agréer l'obligeance de m'écouter une seconde ?

– Parlez, brigadier.

– Voilà, c'est rapport à Tartarovic ! Faut qu'y retourne à l'hôpital ! On peut plus le garder à la grande cabane. Il a tout bouffé dans la cage à poules : les coussins, les banquettes, les ampoules... Il a même mangé ma casquette de service. Vous vous rendez compte, une casquette réglementaire !

Je lorgne les squames eczémateuses qui lui rognent le crâne.

– Ah oui ! Faut un sacré appétit, quand même... On va faire le nécessaire.

– Merci. Et puis, y a un monsieur qui veut vous causer au téléphone. Un type avec un nom de photocopieuse.

– O'Xerox ?

– Exact. Vous pouvez le prendre ? Ligne une.

Je presse le bouton 1 :

– Commissaire San-Antonio ?

– Bonjour, Philip. Que puis-je pour vous ?

– Je voulais vous annoncer que ma femme venait de décéder.

– Condoléances.

– Vous vous doutez que sa disparition ne va pas m'arracher une larme.

– Je me mets à votre place.

– J'aimerais aussi faire une bonne action. Votre type, là, Tartarovic. Je me propose de l'engager comme videur…

– Cet homme n'est pas un violent ! me récrié-je. Il ne faut surtout pas le pousser dans cette voie.

– Non, je voulais dire : comme videur… de poubelles. J'ai cru comprendre qu'il bouffait tout. Au pub, on a plein de détritus, ça lui ferait un bon salaire, et moi ça m'arrangerait…

Cette histoire a commencé dans une poubelle. Elle s'achève idem. J'espère que tu ne réserves pas le même sort à ce bouquin ?

FIN (ou presque)

Dernière partie

Le Carnet rose
(bonus un peu malus pour
les mous-du-bout)

Manouda

suite de la page 81

Je l'attire contre moi pour une pelle ordinaire, prime étape convenue de nos préliminaires occidentaux. Mais la sublime Black s'échappe, se jette au sol. Elle s'agite, se contortionne jusqu'à se placer dans l'attitude, chère à Tintin, du naja cherchant à se mordre la queue.

Du calme ! Va pas supputer que je suis tombé sur un travelo. C'était juste une image. Elle repte tant et si bien qu'elle parvient à couler son visage entre ses cuisses. D'un coup de dents ravageur elle déchiquette son string et se pratique un autocunnilingus.

Histoire d'agrémenter le show, elle bascule sur le côté pour se positionner en roue. Elle déboule dans le living en hurlant et giclant à gogo jusqu'à ce qu'un premier orgasme fasse son œuvre et la ramène sur le flanc.

– Au village, on appelle ça la roulette de Lambaréné, halète-t-elle. Les femmes qui ne savent pas le faire sont considérées comme des épouses de seconde catégorie.

– Je comprends ! Faut avoir travaillé dans un cirque pour réussir un truc pareil ?

– On s'entraîne toutes petites, sauf celles qui ont été excisées, bien sûr. Elles, elles prennent l'option mathématiques, à l'école.

Manouda se déploie, s'allonge sur le ventre.

– Maintenant, tu vas me frapper !

– Ah, non, non, non, non, et non ! Le sado-maso, c'est pas mon truc !

– Il ne s'agit pas de sévices ! rigole la môme. Simplement, tu me fouettes avec ton mangala le bout du gland sur mon petit trou, jusqu'à ce qu'il devienne rouge et large comme un hisbiscus, et après tu peux rentrer dedans.

– Oui, mais non ! Tu n'aurais pas plus simple à ton catalogue ?

– Bien sûr, soupire Manouda, je peux te faire une pipe.

– Voilà ! Je sais que ça n'est pas très original, bredouillé-je, mais je conserve un vieux fond de puritanisme.

Sitôt vit, sitôt fesse. Je sens sa bouche me happer le capuchon et s'enfoncer, s'enfoncer... Parole, elle vient d'engranger le toutim ! Je sens même sa menteuse qui me frivole les balloches. Pourtant, je ne donne pas dans le gabarit queue de cerise ! Une turlute de cette ampleur, mon Gueux, je t'en souhaite au moins une au cours de ton existence !

Le sirop des Vosges ne tarde guère à lui chatouiller la gargante. Elle déglutit sans rechigner. Accepte enfin de me rouler une gamelle.

– Tu vois, dit-elle, dans deux heures je vais péter ton foutre et je pourrai le relécher.

– D'accord, mais on fait quoi en attendant ?

Elle s'est soumise à une partie de baise à la papa. Et elle a apprécié. Le missionnaire, ça lui rappelait le pays, sans doute.

Diane et Vanessa

suite de la page 146

Tandis que Vanessa me lichouille le zan, Diane a soulevé mon polo et me mordille la pointe des seins. Honnêtement, je ne suis pas fana de ce genre d'agaceries, mais pas non plus genre à étaler mes ébats d'âne. Ne me sentant pas accro à leur petit jeu, les filles me libèrent vitement[1].

– Ça vous amuserait de voir comment ça se passe sur Clitenfeu.com ? propose la brunette.

– Pourquoi pas ? Dans mon métier, on a toujours envie d'apprendre.

1. C'est du créole, cherche pas dans le dico.

Les mignonnes m'entraînent à la chambrette, larguent leur peu de fringues et vont se positionner face à la webcam. Diane bidouille sa télécommande, règle le cadrage de manière que toutes deux soient plein écran, la foufoune bien visible.

– C'est parti ! Maintenant, tout le monde peut se connecter.

Je veille à rester scrupuleusement hors de l'image. T'as déjà vu les dégâts que peut causer Internet sur une belle carrière ? Par mesure de sécurité, je me loge même dans un fauteuil derrière l'ordinateur.

En ricanant, les cruches commencent à se tirlipoter le berlingot.

– Vous imaginez tous les mecs qui nous matent, commissaire ?

– Je ne les imagine pas, je les suppute.

– Vous devriez faire comme eux.

– C'est-à-dire ?

– Vous échauffer ! Ça nous ferait mouiller de voir un beau mec se branler rien que pour nous !

– Ah bon ?

– On vous excite pas ?

– Sans plus.

– Vous préféreriez qu'on se caresse mutellement ?

– Ou qu'on se lèche ?

– Peut-être, mais j'ai mieux à vous offrir.

J'arrache la prise du computeur.

– Oh non ! rouscaillent les donzelles.

Je me dessape intégral, m'approche d'elles précédé d'un pain de deux livres.

– Vous connaissez le coup de l'ocarina à quatre notes ?

– Non !

– Eh bien, vous aurez au moins appris quelque chose, ce soir ! Diane, allonge-toi à plat ventre sur le paddock.

Sans se faire prier, l'infirmière obtempère.

– Toi, Vanessa, tu prends la même position au-dessus d'elle. Il faut que vos miches soient bien à l'aplomb.

– Ouais, c'est cool class, ça !

D'un coup de panais humide, je parcours la pyramide culière, m'assure que tout est bien lubrifié. Pas de lézard ! Juste quatre lézardes empilées. Et c'est parti !

J'attaque par le bas. Diane fait ho ! Un cran au-dessus, et elle fait ha ! Au tour de Vanessa : ho ! ha !

Ho ! ha ! ho ! ha !
Suffit d'accélérer :
Ho ! ha ! ho ! ha !
Pom ! pom ! pom ! pom !
Sur le rythme de la *Cinquième* de Bitovent, ça devrait le faire !

Table

Troisième partie

Le Carnet rouge et l'Éléphant gris

Quatrième partie

Le Carnet rouge
et
la Vierge blanche

AUX MÊMES ÉDITIONS

De Patrice DARD

(Les Nouvelles Aventures de San-Antonio)

Corrida pour une vache folle, roman, 2002.
Les Contrepets de San-Antonio, 2002.
Un pompier nommé Béru, roman, 2002.
Les escargots ne savent plus baver, roman, 2003.
Ça se Corse !, roman, 2003.
Le Silence des anneaux, roman, 2004.
San-Antonio tient le bambou, roman, 2004.
San-Antonio priez pour nous !, roman, 2005.
Ze San-Antonio Code, roman, 2005.
San-Antonio Shocking !, roman, 2006.
San-Antonio contre San-Antonio, roman, 2006.
Vingt Mille Nœuds sous les mers, roman, 2006.
San-Antonio s'envoie en l'air, roman, 2007.
Culbutes dans le calbute, roman, 2007.
Macchab Academy, roman, 2007.
Rencontres d'un très sale type, roman, 2008.
Arrête ton char, Béru !, roman, 2008.
San-Antonio comme à confesse, roman, 2008.
Des vertes et des pas mûres, roman, 2009.
Lâche-nous les bandelettes, roman, 2009.
Ça sent le sapin roman, 2010.
Deux p'tites tours et puis s'en vont, roman, 2011.

De Frédéric DARD
(romans de jeunesse)

La Peuchère, nouvelle, Lyon, 1938 ; Paris, 2002.
Monsieur Joos, roman, suivi de
La Plaque tournante et *Vie à louer,* nouvelles,
Lyon, 1941 ; Paris, 2002.
Le Norvégien manchot, roman, Lyon, 1943 : Paris, 2002.
Croquelune, roman, Lyon, 1944 ; Paris, 2002.
Les Pèlerins de l'Enfer, roman, Lyon, 1945 ; Paris, 2002.
Au massacre mondain, roman, Lyon, 1948 ;
Paris, 2002.
Saint-Gengoul, roman, Lyon, 1945 ; Paris, 2002.
Équipe de l'ombre, roman, Lyon, 1941 ; Paris, 2003.
Georges et la dame seule, roman, Gap, 1944 ;
Paris, 2003.
La Mort des autres, nouvelles, Lyon, 1945 ; Paris, 2003.
Le Tueur en pantoufles, roman, Paris, 1951 ; Paris, 2003.
Le Cirque Grancher, souvenirs, Lyon, 1947 ; Paris, 2004.
Batailles sur la route, roman, Saint-Étienne,
1949 ; Paris, 2004.
Anna Soleil, roman, Lyon, 1954 ; Paris, 2004.
Le Mystère du cube blanc, roman, Éditions de Savoie,
1945 ; Paris, 2005.
La Mort silencieuse !, roman, Éditions de Savoie,
1945 ; Paris, 2005.
La Main morte, roman, Éditions Jacquier, 1953 ;
Paris, 2005.
Vengeance !, roman, Éditions Jacquier, 1953 ; Paris, 2005.
On demande un cadavre, roman, Éditions Jacquier,
1951 ; Paris, 2006.
Vingt-Huit Minutes d'angoisse, roman, Éditions
Jacquier, 1951 ; Paris, 2006.
La Grande Friture, roman, Éditions Jacquier, 1954 ;
Paris, 2006.
Monsieur 34, roman, Éditions Jacquier, 1951 ;
Paris, 2007.

Photocomposition Nord Compo
Villeneuve-d'Ascq

Pour l'éditeur, le principe est d'utiliser des papiers composés de fibres naturelles, renouvelables, recyclables et fabriquées à partir de bois issu de forêts qui adoptent un système d'aménagement durable.
En outre, l'éditeur attend de ses fournisseurs de papier qu'ils s'inscrivent dans une démarche de certification environnementale reconnue.

Achevé d'imprimer en août 2011 en France sur Presse Offset par
Maury-Imprimeur - 45330 Malesherbes
N° d'imprimeur : 166806
36-33-2709-8/01
Dépôt légal : août 2011
Imprimé en France